石英 著

我与今古文艺家

笔墨神交

南开大学出版社
NANKAI UNIVERSITY PRESS
天 津

图书在版编目(CIP)数据

我与今古文艺家笔墨神交 / 石英著. -- 天津：南开大学出版社，2025. 5. -- ISBN 978-7-310-06721-3

Ⅰ. Ⅰ267.1

中国国家版本馆 CIP 数据核字第 2025WA2824 号

我与今古文艺家笔墨神交
WO YU JINGU WENYIJIA BIMO SHENJIAO

南开大学出版社出版发行

出版人：王　康

地址：天津市南开区卫津路 94 号　　邮政编码：300071

营销部电话：(022)23508339　营销部传真：(022)23508542

https://nkup.nankai.edu.cn

天津泰宇印务有限公司印刷　全国各地新华书店经销

2025 年 5 月第 1 版　　2025 年 5 月第 1 次印刷

210×148 毫米　32 开本　7.125 印张　2 插页　136 千字

定价：58.00 元

如遇图书印装质量问题，请与本社营销部联系调换，电话：(022)23508339

写在前面

本书定名为《我与今古文艺家笔墨神交》。

所谓"神交"，就是精神世界之融合、灵魂之共振，我对今古文艺家之欣赏乃至倾慕、其作品对我之吸引，我以我之文章表达对某位文艺家或其作品的印象、认知和深切感受，等等。

所谓"今古文艺家"，当然是包括现当代和古代两个部分。古代文艺家我不可能与之谋面，而是通过阅读其作品与有感于其生平事迹，从而表达我之共鸣和认知。这方面的例证有很多。如当年我大学毕业后在《新港》文学月刊（《天津文学》前身）工作，家在北京，我一人在津，斗室中枕边常常放置的是三本小书：《唐诗一百首》《宋诗一百首》《唐宋词一百首》，每夕就寝前与每朝醒来后，习惯于精读和细品其中一二位作家及其作品，即使被人讥之为"三百首迷"亦无悔——典型的"神交"之谓也。

至于现当代作家和艺术家，则不仅是纯为未谋面之神交，其中的一部分既有对其作品深刻之精髓的领略，又与其本人有过或深或浅的相识与相知。如我在二十世纪六十年代前期与作家柳青（《创业史》等作品的作者）的邂逅，时间虽短，却交流了不少文学创作中的体会，留下了相当深刻的记忆；又如与诗人雁翼在青岛笔会上的相识，达到了深度的默契；还有在天津百花文艺出版社《散文》月刊创刊前专程赴京对散文家吴伯箫的拜访，他所叙中有不少很有见地的经验之谈。更不必说在一九七八年参加中国作协组织的鞍钢、大庆访问团中与艾芜、徐迟、艾青等的相识与交往，更是获益良多。这些，在我的一篇总述中均有简要提及。

书中写到的艺术家不多，只有几位，但同样印象极深。如梅兰芳、程砚秋是我这个自幼的京剧爱好者心目中之艺术大师，成年后又看过他们的演出或听过他们的唱段。至于相声泰斗侯宝林和山东快书名家高元钧都是各自行当中之翘楚，我不仅钦服他们的表演，与其本人也有或多或少的接触，因而也不只是"神交"，当然如从艺术本身而言，则永远是深刻之精髓的共融与共鸣。

我考入南开大学中文系并开始从事文学创作至今已近七十年，从那时起尤其是毕业之后一直在报刊和出版社工作，较深地涉入文艺领域，从而也接触到不少文艺家及其作品。这也许就是我写作与出版这本小书之契机与基础吧。

深谢南开大学出版社出版这本小书。我深切感知他们特别是责任编辑杨硕为之付出的心血与辛劳，正因不易才更使我铭感不忘。

不过，在母校留存的花名册上登记的可能还是我的原名石恒基，石恒基与如今的石英是同一个人。这是我毕业六十余年后在母校出版的第一本著作，应该说是非常有意义的。

石　英

2025 年 3 月 22 日

目录

上　卷

现当代文艺家

第一次看到《讲话》

今年是毛泽东同志发表《在延安文艺座谈会上的讲话》(后文简称《讲话》)七十周年。七十年前我还是一个孩子,又没有生活在延安,而是在离那里几千里之遥的山东半岛。但在一个机缘中,在当地县城解放的前几个月,有幸看到了《讲话》的单行本,距今已是六十七年。

那是一九四五年春天,在我的家乡,县城虽尚未攻克,但四乡里我武工队和抗日民主政府的工作干部已在活动,而城里最顽固、战斗力较强的伪八中队也不时出城进行小规模的扫荡。在这之前,我和田守仁同学因暗带根据地宣传品由小学所在地九里镇回我村的一公里途中,险些被伪八中队搜出而"遭事儿",幸而我俩机警而脱险。这次又是受小学孙校长指派,带根据地出版的革命读物回我村交给音乐教师田老师。当时并不知道所带读物的内容，只知用牛皮纸裹紧然后扎在腰带里用衣服遮护。不过这次在傍晚放学后顺利回村，没有遭遇敌人。

去田老师家，他当时没在家。为了谨慎起见，我没有将东西交给他的家人，而是当晚先带回自家，转天一早再送去，一定要亲手妥交收件人。

当晚夜深时分，我出于好奇，悄悄打开牛皮纸，看到了一本薄薄的小书，是解放区印刷厂印的，所用纸张是灰白色的草纸，星星点点的草屑和线头之类的杂质隐约可见，而且边角切得也很不整齐，总之是很糙的。小书的封面上是"在延安文艺座谈会上的讲话"一行大字，署名为"毛泽东"，落款是"胶东区党委翻印"。

在这之前，我从未听到校长和老师提及这篇文章。虽然有位战老师在教我们唱《渔光曲》的过程中，突然插进来问我们全班同学知不知道毛泽东是哪省人。当时我们七嘴八舌地猜了一通，在"乱枪"中有人撞对了是"湖南省"。这时战老师才告诉我们：是湖南湘潭县韶山村人。但也没有涉及这篇《讲话》。

这次的单行本，显然是孙校长刚刚从根据地获得的。因田老师教音乐，与文艺沾边儿，所以才让他先睹为快，没承想被我先拆开看了。

那晚我在油灯下，读完了《讲话》的全文。母亲不识字，当然也不知我看的是什么书。毕竟才上四年级，幼稚的我不可能理解得很透。不过，有些字句的大意还是大体懂得的，如立场问题、服务对象问题。特别是

《讲话》提到文艺要为工农兵服务，作品要尽量"大众化"，我心里觉得说得很对。这对我启蒙时期的思想认识，还是有不小影响的。所以说，一个偶然的机遇，使孩童时期的我，无意中上了无声的一课。

日本投降后，我的家乡成了解放区。有件事我觉得是一次很有趣的写作实践。那是一九四六年暑假，班主任（也是我们的语文老师）王中戊给我们布置了暑假作业，只有一篇作文，题目是《努力增产节约，巩固解放区》。但当领受任务后，我心里却觉得不满足，一种什么动力我现在记不太清了，反正是胃口很大，不仅是要完成老师布置的任务，而且要写好几篇，还要多品种，最后编成一小本，像杂志那样的。

于是，我用当时胶东解放区通行的"一面光"白纸折叠成两面。开头写了一篇像"前言"类的短文，随后除了完成老师布置的作业之外，还有类似特写的文字，记得是"俺村劳动模范纪××"，还有快板诗《反内战，保和平》、故事小说类的作品《廉洁正派的农会长》以及类似现在的杂文、小品式的文章，都是用毛笔抄的。至于皮面上的总名，现在忘记了。开学后交给王老师，作为暑假作业。老师最后没说对也没说不好，只无声地批了两个字"很好"。

不过，我自己觉得称心的有两点。一是我确是受了毛泽东同志《讲话》中要义的影响。无论是从当时我努力追求思想进步还是对文学的热爱方面讲，自然是都愿意按照《讲话》精神去实践的，无论当时理解得是多么肤浅、做法上是多么幼稚，但态度是真诚而执着的。二是它成了我文学启蒙期间没有谁授意编辑的第一本"刊物"。当我成年后真正踏上文学编辑之路后，回想起童年时那种幼稚的做法，曾不止一次写道：我后来的生命历程中，曾先后编了几种刊物，也许是注定命该如此。

（本文作于 2012 年）

忆最初接触鲁迅作品的感觉 |

我 的故乡是山东黄县（今龙口市），县城自一九四五年秋解放以来，新华书店就在县城中心大十字路口东开张，直至新中国成立亦未挪动。当时我虽是一个十一岁的孩子，却已是这里的"常客"，那里的工作人员都认识我，"又来啦"是他们带笑与我打招呼的常用语。

当时我最难解的是：这里的书，基本都是本地胶东新华书店出版或"翻印"的，还有一部分是华东新华书店和东北书店运过来的书籍。这我理解，因为所谓华东新华书店，在战争环境中实际上已北上至胶东半岛某些相对稳定的县份，而东北书店则是自大连、旅顺海运过来的。当时，旅顺、大连与胶东半岛的烟台、龙口、威海之间的班轮尚往返畅通，因此我较早接触萧红的作品就是从海路运过来的。但在那个年代最有名的作家如鲁迅、茅盾、巴金、老舍、丁玲等的作品在这里却看不到，而我最急欲读到鲁迅的作品。因为班长袁人范同学总是向我推荐鲁迅的小说《阿Q正传》多么多么好："可幽默啦，讽刺得可深刻啦。"老袁同学的"诱惑"使我对鲁迅作品的渴盼更加强烈！

这种情况一直延续至一九四七年初，书店进书的品种依然如故。我也问过书店的服务员究竟是什么原因，他们也不太清楚，只能估摸着说："可能是由于国民党反动派的阻挠，上海等大都市的书籍运不过来吧。"

这以后，我作为秘密试建时期的中国新民主主义青年团员，参加了我县支前大军少儿宣传队赴沂蒙战场，回来后又进入北海中学二里处分校学习。在这里，我在语文课本上读到鲁迅的一篇杂文和一篇散文。杂文的题目我现在忘记了，好像老师没有展开来讲；散文是《藤野先生》，语文老师李老师讲得很细。这篇文字是鲁迅在日本仙台学医时写藤野老师上课等情景的。我读时深感鲁迅对日本普通人民和正直知识分子与军国主义者是不画等号的，而是很真实地写出他们富有人性的一面。我第一次感知鲁迅用语调词遣句方面的不俗，那种独特的意味使我虽觉有点陌生却又不乏亲切。如我特别记得学生们有时在教室里闹腾时那种气氛"烟尘斗乱"，就是不一般，新鲜却很能理喻。加上此后读到的一些鲁迅的作品，我总的感觉是那种原先并不熟悉，但读过后并无距离而且很快就喜欢上的一位作家（与此相对照的是：另外还有一种作家的作品读了便很熟悉但并不觉得很亲近）。我开始熟悉了作家鲁迅，也拉近了我与语文课李老师的距离。不久之后，可能老师觉得我喜爱鲁迅，有一次把我一个人叫到他的"办公室"（实际上就是一间农家闲置小厢房），很郑重地将一大本（比一般书籍开本大得多）专写鲁迅及其作品的著作（只记得是上海出版的，书名及著者七十多年后的今天都已不记得了）递到我的手中，限定我三个月一定交还给他，切记不要弄脏了。我深解他的好意，讷讷地道了谢，拿回家抓紧时间阅读。这本大书除了评论外，鲁迅的一些代表作当然是应有尽有。《阿Q正传》不必说，但因袁人范同学多次对我说过，这次只是通读了一遍，重在印证与深加体味；而对我来说，《药》《社戏》等篇印象尤为深刻。《药》讲述华老栓为重病的儿子买人血馒头作为救命之药的过程，其立意之深邃高远、揭示之淋漓尽致，只能是出自鲁迅夫子之手。论文字，也只有他鲁迅的独有表达方式，写华老栓赶路的过程，那种感觉，也是绝对不能重复的"只此一家"。用来买药的钱币是儿子的命根儿，也是他老栓的命根儿，只怕丢了，一路之上摸了摸"硬硬的还在"；另一个就怕误了时辰，加速还要加速，因此，"跨步格外高远"……如此等等，莫过其甚。

　　《社戏》是另一种情味，鲁老夫子不只有冷峻，也有平润与醇浓。他对当年在家乡经历的一切都是从不疏淡的，人性、人情的风习从他的笔底流出，总会在此刻与彼时的人生世界中定格。只不过与俗尚不同的是：文字仍是他四两拨千斤的简洁，他好像总是与那种啰哩啰唆的絮叨癖天然地绝缘。读鲁迅的作品，也许有的人物没有名字，有的也经久记不起来，而上述那种强烈感觉却会与生命同在。

语文课李老师借给我阅读的这本大书期限是三个月，然而由于国民党军队加紧了进攻胶东解放区的步伐，炮声时有可闻，学校名之为提前放秋假，实则是令师生回乡参加"土改复查运动"，做好敌占后的相应准备。不等老师要，我便自觉地将这本大书郑重地交还给李老师，并将我的读后感写在一个自订的笔记本上。但封面上的一句话却受到老师的责正，原来这句话不是鲁迅说的，而是列宁的名言。李老师笑说"可能是你对鲁迅爱之过切，便移花接木了"。至于这句话是什么，今天同样也记不清了。

附带再说一句，我在另一篇文章中写到，在二里处分校上初中时，有一次为躲飞机，我与李老师卧在一条土沟，他还调侃地吟诵唐代王翰的两句诗。那是另一位李老师，教地理课，与语文课李老师非同县人氏，性格也迥然不同。但自一九四七年夏提前放假分手后，都终生未再会面。

那位李老师随口吟的两句诗是："醉卧沙场君莫笑，古来征战几人回？"

（本文作于 2024 年）

过长汀瞿秋白就义处

福建长汀，这个闽西本不算很大却地位相当重要的所在，除了它的森林资源丰富，盛产稻、薯、茶和"河田鸡"等一般特点之外，使人痛切难忘的是六十三年前中共历史上的一位重要人物瞿秋白在这里不失悲壮地终结了他人生的征程。

在历史与人生的征途中，并不都是昂首阔步，瞬可丈量；有时可能由于道路过于崎岖或伤病等情况，步履也许有些蹒跚，但仍在浓雾和泥泞中艰难地跋涉。当党中央机关和红军主力部队离开中央苏区时，病弱的瞿秋白和其他几个同志化装东行，欲去上海治病，而长汀是必经之路。长汀与当时的红都瑞金，虽在行政区划上分属福建和江西两省，其实是毗邻相近。由于红军主力的西撤，其时长汀地区被握敌手。那么，秋白等人无异于陷于夜幕撒下的弥天大网。

于是，一位叱咤风云的斗士，下笔万言的文豪，在历史的泥泞路上不幸崴脚，在他三十六岁的时候。他，曾做过中共主要领导人，唯一见过列宁的中国夜行者，此际两颊潮红不时地干咳，落入了群狼的嗥叫声中。有时气节会与无奈相伴，不屈会与病体羸弱相伴一生。

那些军校毕业、军服笔挺、戴白手套的"中央军"将校们，有时也会发出赌徒赢钱般轻狂的笑。当时的电报穿梭于长汀师部与南昌行营之间，诱降、威迫、关押、处决……犹疑于电波之中。在表面带有几分客气、称呼"先生"的背后，刽子手们正在选择行刑的合适场地……

偶有几声枪响的深夜里，他在夜梦中不时闪回着种种情景：常州破落书香门第的寒窗；上海南京路上故人的踽踽独行；瑞金第五次反"围剿"蹙眉的红军将领；在匆促的雨夜里有人通知他不是随大部队而是潜行东去上海……这一切一切仿佛都发生在昨天，却已成为遥远的过去。人生有的时候虽只几日，却恍若经年；有时虽相距咫尺，却似万里长天。如今对他来说就是这样，哪怕只隔一座山，恨手臂太短，无法穿透无情的屏障；梦中只觉肋生双翅，飞出重围，醒时原来只揪着单薄的衣襟，难以挣脱阴森的缧绁。

本来，也不是没有侥幸脱险的可能；只是因为有了叛徒的指认，就改变为另一种命运。"叛徒"这个物件，是伴随忠烈而相生相克的现象。自古而来，但凡一种事业兴起，必有怀有不同动机的各色人等纷至沓来。当事业兴盛阶段，纵是投机者也会巧舌如簧，甜言蜜语，或双足如翼，轻捷先登；一旦形势逆转，阴暗心理如沥青蒸煮，浊泡翻滚，潜思转轴，窥测方向，再谋所归。似怪也不怪，凡大忠大烈者，几乎都有"叛徒"的阴影相随。如在秋白之前的方志敏，在秋白之后的杨靖宇，都与那个可恶的物件告密有关。作为叛徒品质之形成，有说是后天的熏养，有说是先天即注入相关的因素，也许二者都有。但究竟能否在事前即能认定一二，尚未可知。

有限时日里他偶作书法和刻印，也只是一种有谓无谓的插曲而已。南昌行营中独夫的那道指令才是真的。生死在很多情况下取决于病体的辗转反侧，阴晴变化；而有时取决于时间遽然间被冷冻。秋白属于后者。

"此地正好。"他最后的呼喊成就了应有的名节。当子弹从东洋进口的枪管里喷出，封闭了曾见过列宁的人的眼睛。然而，背后群山石隙的眼睛却大睁着，见证着这悲恸而肃穆的一幕。

一抹夕阳遗留下什么？遗留下一篇《多余的话》。这无疑是作为文人的他的最后著作。《多余的话》从文字表面上看并不很艰涩，几十年间却颇费译猜。持宽和持严者，抱有这样或那样看法者结论往往大相径庭。只有殉难处近旁的一棵玉米，经历了从春到夏的成熟，玉米棒子迎风落齿时，笑得有点清寂而不失从容。

如今总算尘埃落定，人们对《多余的话》能做另一种读法，尽量做出理解烈士苦衷的译猜。其实，最通俗的读法莫过于"宜粗不宜细"。看人、论人，除看一般立场外，还要结合不同人的出身、教养、文化背景、性格气质等加以考察；有的更刚烈，有的稍文弱，有的更直性，有的稍婉曲，但只要最终大行不亏，又何须做死抠细琢的"心理分析"？敌人那血腥的子弹，烈士那响彻空谷的最后一呼，已为气节做了明确的注脚，焉有他哉！

我素喜游山逛水，但闽西之行不是，至少不全是。我来长汀，一是为寻瞻当年老区的遗迹，二是为感受秋白征程终点的氛围，即使只达到了后一点，就值。事后感受有时胜过亲历：空灵中有沉重，寂静中更具本质真实；斯人不见，而精魂处处都能感触得到。当然，不同的人感触并不尽相同，扪心自问便知。

长汀，顾名思义，长长的水中一小洲。地以人重，这韩江源头汀江上游的明清府城今更为人所注目。在那小洲上伫立着一戴配镜的同志先生，手捧一部《赤都心史》，望着东北的上海方向，他抱憾没能再次到达那里，但心语："人生得一知己足矣！"

（本文作于 1998 年）

乌镇茅盾故居感怀

那年他离家远去，走出这浙北桐乡县（今浙江省桐乡市）古镇的巷口。那是子夜，乡邻老通宝正为蚕宝宝生病焦灼，无暇远送这位远近闻名的"秀才"，只有那祈愿的目光与破旧的灯笼忽明忽灭。

那是二十世纪二十年代中国乡村的夜风呵。

七十多年过去，如今作为晚生来访，来访这陌生却又熟悉的古镇。市街两旁已没有林家铺子，却见现代化的"公司"和"集团"的广告牌耸峙，遮蔽着故居挂满青苔的屋瓦。上楼时，木质楼梯在脚下絮语，仿佛在告诉我：没有回来，他没有回来！

抗战时期曾回来过一次，那回走了以后，他再没有回来过。

一切看得很细，尤其注目于院内的一棵芭蕉，悄然兀立，如有灵性，状似守护在窗外，好像此刻主人还在屋里，犹怕干扰他的写作。从侧院复来，正是一阵骤雨过后，芭蕉叶轻摇清风，水珠晶莹，如笔吐珠玑，落地却无声息。雨后很爽，只是空气略有些冷清。

明白他不会再回来，不知怎的，还是希望与他哪怕是打个照面也好；或者是他笔下的那些人物，"好人"抑或是"坏人"，喜欢的还是不喜欢的，善良的老通宝，甚至林老板和吴荪甫，见上一面都不虚此行。转念一想又觉恁般荒唐，纵然这些人物都有真实的原型，也早已过去，岂能无约而至？

信步走出大门，总觉得还缺了点什么。适逢大门左边故居售品部有与故居有关的简介和书画之类。从前对茅公润秀而又劲挺的书法极其喜爱，于是便选了两种有茅公书写字样的印刷品购下，才多少弥补了缺憾，未见其人得见其字也好。

出得镇来，空气中有一种桑葚的清甜。我对这种气息是很熟悉的，尤其是小时候在胶东老家。许多年没有闻到了，更不必说是没有再吃过桑葚。此刻才注意到田野间遍是桑树，家乡也不乏桑树，但像眼前这样的大片桑林，恐怕只有在江南蚕乡才能见到。难怪茅公在《春蚕》中对蚕桑的种种写得细致入微。

镇外上车后，透过半敞的车窗，依稀见远方似有另一片乌匝匝的树林，还仿佛听到麻雀的鸣叫。离开了乌镇了，却无法忘却在这个古镇中诞生的那个人。

（本文作于 1993 年）

四十年间长相忆

到今天整整四十年了。那是一九七八年深秋时节，中国作家协会拨乱反正开始恢复活动，首次组织了一个规模很大的访问团去东北哈尔滨、沈阳，尤其是大庆、鞍钢参观学习，前后历时近一个月，归来时黑龙江草原已近落雪天气，扑面而来的寒风中似雪又无，峭湿侵人。

这个作家访问团由艾芜任团长，徐迟、刘剑青为副团长，记得团员是来自全国各省市的作家共四十三人，另有首都各大报刊的记者和随团工作人员，足有五十余人之多。作家们在经过十年波折之后，有了这样疏离已久的温暖，那份感动之情是不言而喻的了。

我当时在团里尚属年轻，但也经受了"文化大革命"中的一切苦辣滋味，刚刚落实政策，对于刚刚思想解放后的自由与欣喜，多少总还是有些陌生之感；面对大庆和鞍钢这样的现代化大企业，自是十分新鲜的。我是第一次与老诗人艾青相识，但很快就聊到了一起。我觉得，他是全团中最为幽默风趣甚至是一出口即能逗人发笑的一位作家。在大庆，那时还没有后来才有的高楼大厦，但在平房中住宿和就餐也很欢快。我记得，大庆那时的饭食中最常吃的就是茄子、辣椒和大白馒头。在饭桌上，我和艾青同志谈起茄子和辣椒种植和生长的特性，因为我小时候在老家农村亲手莳弄过这类作物。这时我穿着一件皮夹克，艾青同志就笑称我是"穿皮夹克的农民"。

来自上海的诗人芦芒早年当过新四军，多年军旅生活养成他具有一种豪放激扬的性格；也许是因为我少年时当过兵，彼此有些共同之处，很快就成为朋友，虽然从年龄上说他比我大得多，但一点也没有成为相互沟通的障碍。在大庆时，我与他共居一室，深为他的乐观情绪所感染。他下伙房操刀如在自家，麻利自如，我比起他来就差了许多。

来自山东的作家刘知侠和苗得雨都与我神交已久，但却是第一次会面。他们有的是我的老乡，有的虽原籍不在山东，但在山东战斗、工作了多年，我一直是视为同乡的。这次见了，自然多了一份亲切。他俩可能是因为一个生活于沂蒙山区，一个在铁道游击队战斗过，都善于攀山，在鞍山附近的千山，他们好像都登上了顶峰。这一点，我不能不钦佩老作家艾芜同志，他身躯清瘦，却极有韧性，登起山来，神态自若，微有笑意，而且倒背双手，不急不慢，就这样，人说他仄身从"一线天"直上极峰，凝望远方良久……

徐迟的《哥德巴赫猜想》刚刚问世，立时引起轰动。他当时对于知识分子题材的报告文学兴趣极浓，一路上花费了很多时间和精力进行这方面的采访。从他的劳动中，亦充分体现出作家的精神解放能够创造出多么有分量、震撼人心的精品。

生活给了作家以丰富的营养，作家又以自己的作品回报给社会。我们在大庆草原，曾驱车数百公里，参观一处命名"葡萄花"的新发现的油区（这个新油区，即今天的大庆第七采油场），诗人们无不触发出新的灵感，蒙古族诗人查干饶有兴味地向我讲解这"葡萄花"实际是谐音，它的蒙古语原意是与月亮有关的。他的讲述，在我面前造成一个极为美妙的意境。

时当深秋，但草原上的繁花未谢，我记得随团工作的《诗刊》编辑李小雨，当时还是一位年轻的姑娘，她采摘了许多草原上的花朵，成束地拿在手里，这使我联想起我喜爱的一些诗歌的意象。

作家们在大庆、鞍钢等地生活，之后都有新的作品产生，就我所看到的，茹志鹃的小说《草原上的小路》、碧野的一些散文、苗得雨的一些短诗，都得益于这段生活的汲取。

自那以后的二十年里，这次访问团中的一些作家先后谢世，就我所知道的，有艾青、艾芜、徐迟、刘知侠、芦芒、茹志鹃、刘剑青、万国儒等多位。他们中有的是我的朋友，但去世时我未专门写过悼念文章。有一篇名为《草原寻觅》，实际上是悼念芦芒的，但也未落他的名字，并非由于我情淡，实在是因为我自来有一种也许根本是不必要的心理障碍——与其著文宣称彼此相熟，不如默默在心里忆念更好。

但这次非提不可——整整四十年，又想起当年相处的日子，中间许多位的音容笑貌，彼此沟通的真情，实在不能不写几笔了。

那年月不兴送礼赠物，我们每离一个地方，只带回了东道主的情意。哦，不不，我从大庆还带回一包各色各样的扫帚梅（波斯菊）的种子，由大连乘船取道故乡返回时，给了年逾八旬的老母了，她第二年随手撒种在当院，很快拔节开花，她老人家兀自坐在花丛中含笑凝思。

于是，我的一篇散文又诞生了——《花丛中的晚年》。它的花在故乡，它的根呢，在大庆。

（本文作于 2018 年）

我与今古文艺家笔墨神交

作家群体登千山

千山，是我国钢都鞍山近郊的一座名山。我很早以前就听说过，但没机会去一览它的姿容；再加上受一种偏见所影响，那种说法认为：我国的名山，都叫五岳、黄山、匡庐、雁荡等占全了，这些山都在黄河、长江流域，而东北还有什么奇丽的山？但到我们亲眼一览之后，就发现：千山果然如它的名字一样，千姿百态，可算得上我国名山之列，实在没有愧色。

我那次登千山，是在一九七八年秋天参加中国作家访问团访问东北时，跟随老作家们的脚步踏上了千山的陡峭石阶。

来在山脚下，就恍入异境。那时节别的地方草木已显露出枯黄颜色，而唯独这千山区域，坡岭上一片青翠，好像天赐它一张绿色的绒毯，使它享受到这样得天独厚的待遇，自然就不同一般了。向导同志宣布：年老体衰、身体有病的同志不要勉强攀登，山脚下也有可供观赏的胜景。譬如说，这儿有梨树沟，据说是很久以前有逃避官府追捕的义士隐居此处，带来了品种非凡的树种。这梨子就是与众不同，它的特点是极其脆甜，拿在手里，要小心地捧着，一不当心掉在地上，就要摔成几瓣。

有几位身体有病的老作家没有登山。上海来的诗人芦芒胖胖圆圆的面庞上泛着红光，但患有高血压和心脏病；他具有一副乐观豁达的性格，对什么事仿佛都有浓厚的兴趣，可这一下不成了。有人同他打趣说："芦芒，你这一来可落在后面了！"他呵呵笑道："我也有占便宜的地方：我在山下可以吃酥梨吃个够。等你们下山来，我把满沟的梨子都吃个精光！"他这番话，逗得大伙上山后还留下了一路笑波。可惜的是，这么一位性格活跃、精力充沛的诗人，竟在半年之后突然与世长辞。不知他那番笑语，可会在千山深谷间发出回音？

大家在登山的沿途，印象最深的是百步一碑、千步一寺。向导同志介绍说："这千山上有唐代的遗迹。我们注意了一下，除了在远山矗立的巨石上刻着的'振衣冈'三个大字，据说是薛仁贵晾盔甲之处以外，倒没有发现什么唐宋的胜迹。但明代万历年间的古建筑不少。这近四百年前的古迹被破坏得很厉害。珍贵的塑像被拉倒了，砸成碎石块；稀世的经卷在轻薄的笑声中被点火焚烧……"我们听着这令人揪心的讲述，心情都很沉重，很激愤，再往上攀登时谁也不多说话，累，固然是一个原因，主要是心里想得很多。一位远在战争年代的"孩子诗人"激动地坐在一块石板上，记下了涌上脑海的诗句：

> 我不知道这位同志的名字，
> 但我建议为他记功；
> 他抢救的不只是一件珍贵文物，
> 更是人的良心、祖国的光荣。

他写的事情是根据向导的介绍，是说在一九六六年下半年大破坏的热潮中，有一位管理处的工作人员冒着危险，偷偷把一部经卷压在一方大石头下，使这件珍贵文物得以保存下来。对此，我们的诗人有感而作。

然而，同志们并没有被沉郁的心情束住自己的脚步，而是迈动健步，去征服面前更艰难的里程。《铁道游击队》的作者、作家刘知侠身壮体胖，却步履如飞，竟把许多比他年轻的同伴甩在后面。特别是在通过两边都是石壁、中间一道狭缝的"一线天"时，老刘就像有缩身法似的，只见他灵巧地一仄身，仿佛一下子就把自己捋扁了，不一会儿便消失了身影。同志们啧啧称羡，都说他毕竟是有功底，年轻时在鲁南山区和微山湖畔磨炼出来了，凭他那扒火车的绝技，攀这险道当然更不在话下了。过了一会儿，从那透着一片阳光的石孔下，撒下来老刘粗豪的笑声。显然，他是与先到的战友们会合了，看到了极峰上的佳景。

已经疲乏的或暂在"一线天"下歇息的同志，都欢集在"卧狮石"旁边的一块大平石上，摄影留念。特别引人注目的是，在这块巨石平面上，刻着一个棋盘。这棋盘看来很简单，横竖各是五条线，就是我们家乡流行的"二打一"的棋盘面法。据向导同志说，这棋盘留在此处也有百年以上了，有两个道士在这里对弈之后，不知去向。我们中的一位老作家也是老学者，对它产生了很大兴趣，他俯下身子，用手指抚摸着涂着红漆的棋盘线沟，仿佛在探索中国弈棋发展的历史。

我休息过之后，便鼓起勇气钻过了"一线天"的狭缝，终于登上了极峰。呵，我的眼前展现出一个新的天地，心里顿然产生出一种奇异的感觉：好像离着太阳之乡近多了，风的味道也格外清新甘甜。这时，刘知侠等同志已下去了，而唯有我们的访问团长、七十二岁的老作家艾芜同志还在。他正面朝西南方向，微眯双眼，陷入深沉的遐想。他这时在想什么呢？或许他的神思已飞往故乡天府之国，飞往云贵高原，在构思他的《南行记》后续篇章吧？我想，老作家年事已高，这是不可扭转的自然规律，但在有生之年，应争分夺秒，使生命发出更强的光亮。

忽然，我看见"一线天"狭缝的上口处，探出一个头顶，还没看清是谁，又不见了。一会儿，才又见一只手攀扶着边缘，好像有些吃力。我急忙奔过去，拽了他一把，并鼓励他说："再加一把劲！"

许多事情的成功在于韧性，而在关键时刻就决定于

"一把劲"上。在这方面，老作家艾芜能够登上极峰，就是最好的证明。他操着浓重的四川口音说道："在通过狭缝时，我曾犹豫过，心一动摇，手就松了；又一想，不行，成功与否就差这一把劲，为什么要退缩？心一横，手一撑，就上来了！"

（本文作于 1998 年）

"书市"上，咬咬牙买了一本《板话》

——借此追忆作家赵树理

那时候，在我们解放区，为了活跃城乡经济，每年春秋都举办"骡马大会"。后来又更名为"城乡物资交流大会"。近年来，每当我看到举办广州商品交易会这类活动时，不由得就联想到半个多世纪前的"大会"。看来，早在解放区的时代，我们就很注重经济问题，那时的物资交流大会实际上是后来现代化的商品交易会的雏形啊。

我当时因为年龄小，对物资交流还不大关心。却对在物资交流大会期间连带举办的"书市"有浓厚的兴趣。我这里所说的"书市"当时并不那么叫，而是县新华书店为了扩大宣传，增加销售量，集中力量和时间进了一大批较新的书籍，而且张贴广告，吸引读者。我，就是他们最热心的读者之一。

有一次扩大售书活动我记忆最深。当时县城新华书店在城中心大十字口路东，黑栅板门全部开启。物资交流大会"书市"期间，除店内书架内外各类书籍空前充足外，又在店门口用板凳和木板搭起一溜平台，将所有估计最受欢迎最抢眼的书籍摆列得十分显眼。如赵树理的《李有才板话》、萧红的《生死场》《呼兰河传》、艾思奇的《大众哲学》、爱泼斯坦等赴延安采访的美国记者写的《毛泽东印象》，以及多人合集《中国共产党烈士传》《东北抗日烈士传》等。还有胶东解放区出版的刊物《胶东大众》《胶东文艺》等。但当时使我困惑不解的是：没有鲁迅、茅盾、老舍、巴金等现代著名作家的著作，不知是印制还是运输上的原因？

即使这样，"书市"还是吸引了很多热心阅读的青少年读者。不仅是我，若干年后，当我与北海中学的同学王玉琴、袁人范谈起，他们也都去翻阅和买过新书。

我在平台前，有时一站就是半天，但大都是翻看。哪本都爱看，又哪本都下不了决心买，还是因为囊中羞涩。可是，当我翻了几页《李有才板话》后，我再也沉不住气了。这本硬壳纸封面、解放区流行的"一面光"大板纸内文的薄薄的一本书，却因为它的质朴、生动、可读性强，尤其是其中那一段段令人忍俊不禁拍案叫绝的"快板"产生了放也放不下非买不可的魅力。在这以前，我读过许多公案小说和剑侠小说，却没有料到，新时代的解放区作家写的书竟也有这样毫不逊色的可读性。于是，我一咬牙，真的是"毅然决然"地买下了。

记不得是多少钱，只记得买下这本书之后，再想买萧红的《生死场》钱不够了（可是，在两个月后，我还是买回来这本书遂了心愿）。

一种不寻常的读书兴头还表现在我这次回家的路上。出县城西门到我村约五华里半，中间不经过任何村庄。这时太阳西斜，但还没落山。我等不得回家再读，竟掏出新买的《板话》倒退着走，边走边看。我今天实在想不通当初为什么要倒着走，是因为这样能够自然地拖延到村的时间？还是为了迎着太阳的方向看得更清楚？但我的确是这样做的，一辈子也忘不了。当然，由于这条道路很平坦，那时绝对没有汽车，连自行车也极稀少，所以再怎么走也很安全，绝不会遭遇车祸。

回到家里，当晚匆匆吃了饭，一看月色正好，皎洁明亮，就急不可耐地拿着《板话》，坐在院里的长凳上，就着月光继续读着，虽然还是有点模糊，大致意思还是能够看出的，也是一种先睹为快的满足。母亲不住地叨叨着："什么宝贝书把你迷住了，这样看还不看坏了眼睛？"她说是说，倒也没有硬性制止，我还是用这种特别的方式看完了这本第一次买来的新书。

永远值得纪念的是，我所读的新时代的第一本书是跟月光联结在一起的。若干年后，我写了一首名为《故乡的月光》的短诗，就是表达这种感受的；可惜诗稿在"文化大革命"中丢失了。

我所读的第一本解放区作家写的书就是从"土"得掉渣的品种开始的。作家赵树理也深深刻印在我幼年的心底。从那时开始，我自然疏离了以前曾经迷恋过的公案小说和剑侠小说。尤其是剑侠小说，并没有人告诉我它有什么不好，而是我自己觉得它与我所在的生活完全不沾边，再读它对我的心灵塑造没有好处，这种意识一直贯穿到很久的以后……

物资交流大会中的"书市"受到欢迎，说明战争年代的解放区也很重视文化建设；有良知的人们并不是以没文化为荣，也在以内容健康的书铸造青少年的心灵。我就是其中的一个受益者。

「书市」上，咬咬牙买了一本《板话》

忆《暴风骤雨》与作家周立波

我读的第一本解放区中篇小说是赵树理的《李有才板话》，我读的第一部解放区长篇小说是周立波的《暴风骤雨》。

《李有才板话》是一九四六年我在故乡山东黄县（今龙口市）新华书店买的，当天晚上就读完了，那时我上小学六年级。《暴风骤雨》是我参军后在机要部门做译电员时读的。当时正值土地改革、抗美援朝如火如荼地进行，机要电报连轴转，没白天没晚上地上报下达，睡觉极少。就在这种紧张状态下，我还不惜火上浇油插空读完了一部大部头小说，其累上加累可想而知，但我没有丝毫后悔。

原因是这部小说太吸引我了，具体原因有四：一是真实。作者参加的东北地区土改与我一九四七年在故乡经历的土改复查可以说是别无二致，后来说这说那，说三道四是另一码事儿，当时就是这个样儿的。我老家与东北只有一条海峡相隔，自然比别的解放区就相近得多。二是生活气息浓郁，情节生动真切。因为东北那"疙瘩"的人大都是从我老家那边过去的，生活习性相似，口语很多都是一致的，如赵玉林一贫如洗，人们背后叫他"赵光腚"；某人身上很脏，叫"埋汰"等，我读之怎能不倍感亲切！我边读边佩服作者把生活写透了，简直就是现实生活的翻版。三是人物形象活灵活现，无论是赵玉林、白家两口子，还是孙老头，甚至反面人物韩老六，都不是脸谱式的简单处理；有些地方作者的笔触是深入人物骨髓的。四是篇章体制的驾驭安排也比较得体。虽然描写细致却不啰唆、累赘；虽然体制很大布局还较匀称（后部略显不足）；文气节奏也还张弛有度，可以说是不瘟不火（"不瘟不火"这个词儿，我幼时在老家时就已解其意，是京剧票友、我叔伯二舅告诉我的）。与此类似题材的名家长篇我也读过，也许是我的偏狭感觉，略觉有点"瘟"了。

当然，任何事物，不同的人、不同的角度总会有不同看法，记得当时我也看到过对《暴风骤雨》的批评意见，说它使用方言土语太多，云云。对此我倒不以为然，书中方言土语是用得不少，但我觉得其好处是增加了地域色彩和生活气息，并未觉得有故意卖弄之感。即使多了一点儿，也并非大的缺点，正如辛稼轩词用典较多，有人批其"掉书袋"，却也未影响辛词的大家地位。还有的人认为《暴风骤雨》的老孙头有点模仿肖洛霍夫

《被开垦的处女地》中的西奚卡，即使有点影子，也不太像，充其量只是个小疵耳。

过了几年，听说周立波回湖南老家深入生活去了（可能同时亦安家于此）。那时正是农村合作化期间，深入生活也是他的一贯风格，必须吃透生活，方能写出绝非空中楼阁式的作品。有关这种主张和做法，"文化大革命"后在思想层面的拨乱反正中似乎有人指斥过，我则至今仍认为"深入生活"对一个作家而言是完全必要的，至于究竟采取何种方式为宜，当然要考虑各种因素、作家的不同情况等。但无论如何，没有厚实的生活底蕴创作出来的东西终究可能是苍白的。

周立波此番深入生活的成果，是写出了新的长篇小说《山乡巨变》，此书一出版我就读了。我深感周立波这位作家的最大本事之一就是他写哪里就必是那里的味儿，《暴风骤雨》是地道的东北味儿，而《山乡巨变》则又是浓浓的湖南味——转换起来既快而又自然。

这部新的长篇小说出版后，评论界还是比较看好的，但口径也不完全一致，评价高低也能看出差异，这些都是很自然的。我个人读后的印象也是不错的，但实话实说，还没有达到当年我读《暴风骤雨》那种入迷的程度。这种情况也很好理解，其主要原因还是《暴风骤雨》反映的地方风俗和作品内容更与我贴近，而《山乡巨变》相对距离还是远一些。另一方面，可能我更喜欢原汁原味更强烈的作品，《山乡巨变》比起《暴风骤雨》可能艺术打磨得更下功夫，但在我读起来却"圆"了一些，这正如我在工厂当车工时，车出来的零件有时还带毛刺儿，尚未经过打磨，不知怎的，我却爱不释手，其原因可能就是觉得它更见真实。

我想，不仅是在不同作家中应允许一个读者对某位作家有所偏爱；即使对同一位作家的不同作品喜爱程度也会有所差别。在这点上，古今都是如此。对于古代的经典作家的不同作品，不同的作者就可能有不同的口味。如苏轼，诗、词、散文乃至书画等方面都很有名，而我最喜欢的则是他的散文。明代的徐渭，诗、书、画号称三绝，但究竟哪方面更为出色，他本人和他人评价也都不相同。有时一位杰出的作家或诗人，对于一般读者而言，其实熟知的也就是他作品中的几句话，却就足够了。如范仲淹的《岳阳楼记》，许多人只知其中的一句"先天下之忧而忧，后天下之乐而乐"，就知道了范仲淹；许多人读《滕王阁序》，虽只记住了"落霞与孤鹜齐飞，秋水共长天一色"，就知道了王勃；更有许多人只知道"推敲"这个掌故就知道了贾岛。而我，自从读了《暴风骤雨》，便知道了周立波，足矣。

记得好像是一九五一年，报载周立波的《暴风骤雨》获得斯大林文学奖三等奖（丁玲的《太阳照在桑干河上》是二等奖）。我看了之后却高兴不起来，当时的幼稚心理是：既要给奖，干吗给个"三等"呢？那一等又是个什么水平？

但获奖也确实带来一些后续的影响，不久我在一本新出版的刊物上看到周立波与前来访华的苏联作家会面并一起就餐的报道，周立波还写了一篇会见纪实的散文，读来还很有点意思。给我印象极深的是：一位苏联作家（名字我未记住）发表了一种观点，说任何国家和民族的语言，表达某种概念时，音与义往往是相互契合的。为了证实此点，他问了周立波几种东西在汉语中的发音，譬如"大炮"，周一出口，那位客人便拊掌大笑，还模拟了一次"大炮"的发音说："听，有多像啊。"

及至二十世纪五六十年代之交，周立波的作品影响始终没有萧条，但与当时国内有的作家和作品相较，还未达到"火爆""趋之若鹜"的强烈程度。有一种情况是很说明问题的：当时我在南开大学中文系读书，在老师们开列的学年和毕业论文的题目上，周立波的《暴风骤雨》和《山乡巨变》时有出现，研究周立波的这些作品比起当时十分走红的作家作品，甚至对作品中的一个人物都要探讨其"典型意义"还要差上一个层次，不知是何原因？是因为当时权威部门的看法所致，还是与作者的性格（如主动性不够）也有关系。反正当时我想过这个问题。"文化大革命"后听到了他的一点信息，但随后不久，便又看到他去世的噩耗。惜哉！痛哉！（他仅享寿七十有一，"走"得太早了。）

我早就知道周立波是湖南益阳人，自然他是属于湖南的、也是属于全中国的作家，我曾写过这样一篇文字，题为《文学爱好的宏观价值与微观独钟》，表述过这样一种观点，即：每一个文学爱好者或者说是读者，除了应该宏观地、理性地推崇某些有定评的大家之外，也可以对其他地位不那么隆盛的作家表露个人的喜爱乃至偏爱。如：在推崇屈原、李白、杜甫、白居易等这类已有"伟大"头衔的作家、诗人的同时，亦可特别喜爱刘禹锡、杜牧的作品；还可以偏爱影响不很广大的杨万里甚至刘长卿的作品。不仅应予允许，且亦应得到尊重，而不应有任何的"势利眼"。

我就是出于这种心情来怀念作家周立波的。不知心中有哪一根弦与其相连结，使我几十年间思念历久弥深。

在他生前，我就未曾有过非要见到他才好的迫切愿望；他"走"了之后更不可能见到他。我总觉得神交最好。神交似乎最远，实则最近——只有至真的境界才是神交。

忆当年偶遇柳青及相关情事

我在南开大学中文系读书时（五年制）毕业论文题目就是关于柳青《创业史》的。其原因是：我也是在农村长大的，可以说对农村生活十分熟悉。由于父亲常年在东北做事，家中劳力缺乏，几亩地的农活全由母亲带着两个姐姐和我承担。毫不夸张地说，作为一个十一二岁的孩子，"身大力不亏"，至少顶大半个劳动力。我自己的感受是：干农活要说不累那是瞎话，但内心也有乐趣，春种秋收，汗珠摔八瓣变成金黄的籽粒，握在手心里看着天空的白云，心里那个美劲儿，确实难以形容。

虽说柳青写的是陕西农村，离我的家乡有千里之遥，但陕甘宁边区与胶东解放区在战争年代一直是遥相呼应的友邻和兄弟。记得当年听到蒋胡军调集重兵进攻延安的消息，我作为一名秘密参加了试建时期的中国新民主主义青年团的团员，可谓心急如焚，日夜关注时局的发展变化。次年延安解放，我又与小战友们奔走相告，共同庆贺。而柳青作为在这片土地上成长起来的作家，其作品自然使我特别关注：我一九四九年在山东军区机要训练大队学习期间就读了他的长篇小说《铜墙铁壁》，亲切感受到那里的人民群众在革命战争中的斗争风貌和生活情态，和与之千里之隔的我的胶东故乡有诸多相似之处。由此，一个农村生活，一个战争环境，便构成了我选择柳青的作品作为毕业论文的研究课题的坚实基础。

　　记得我的毕业论文篇幅较长，有一万五六千余字。毕业后我被分配至天津作协创办的《新港》文学月刊工作。在这不久，河北省领导机构由保定迁至天津，我将这篇论文送到河北文联下属的《河北文学》，他们原则上同意采用，但要我做较大的删节。我当时未做决定，加之天津作协领导决定要我和其他几位作家去天津郊区汉沽盐场深入生活写场史，论文的删改便搁置下来。直至 1964 年下半年，社会主义教育运动全面开展后，诸多刊物纷纷休刊，《新港》和《河北文学》也不例外，论文删改之事也就由此搁浅。我去汉沽盐场生活期间，把论文稿连同未付梓的《于方舟烈士传》等以及当年参军离家带在身边的几本难舍的书都锁在一个柳条箱中，"文化大革命"时有一度我暂离天津，往返于北京（我妻女在北京）和故乡胶东之间。及至一九七八年回到那间小屋，只见门锁早已被砸坏，柳条箱还在，但内中的所有稿件尽皆不翼而飞，有关《创业史》的论文从此便不知去向，这是后话。

而本文最重要的是在此期间内我与作家柳青在祖国最南端海南岛的邂逅过程。

那是一九六五年春夏之间（具体日期记不清了），我在汉沽写盐场史期间突然接到一个通知，当时农业部要组织几位作家去海南岛写刚刚开创的橡胶生产事业，不知是谁推荐了我。在写盐场史中又插了一杠子。但天津作协同意了，我也只能服从，于是从天津又赶至北京与其他并不相识的作家一起转赴琼岛（那时海南尚未建省，仍属广东省管辖）。记得我在的这个组里还有河北和黑龙江都比我年长的两位作家，同住在海口市的一家招待所内（那年月连想都没想住什么星级宾馆）。我永远不能忘记的一节是：几乎是到了海南岛的同时，我就自感发起烧来，日夜觉得十分不适，但到医院看医生，量体温，大夫也没说出个所以然来，我自己也琢磨不出到底是何种原因，只是担心因此会完不成任务。与此同时，我也注意到一个现象：那些日子天气总是昏沉沉，好像还下着我们老家所说的"喷布"细雨。但南下橡胶园的行程并不会因天气而有任何改变，在招待所逗留两日是因为领队与那边接待方洽谈未定，据说两天后就会乘坐汽车南下。就在住下之后的第二天早餐时，有人告诉我："写《创业史》的陕西作家柳青也住在这里。"而且我们中有一位高个儿作家引领我到柳青同志已落座的餐桌前。我这人自小生性腼腆（直到老境从骨子里说亦未根本克服），但还是上前与柳青握手问候，凭记忆我当时还是称呼他"柳青同志"——那年月"老师"的称呼还未普遍叫起来。估计我肯定是自报家门，有一点我记得很清楚："我一九四九年就读过您的《铜墙铁壁》，大学的毕业论文写的是您的《创业史》。"

他当时的直接反应是一个："是吗？"随后是有分寸地点头。但他首先问我的则是："你好像是山东人？"也许是我当时的口音能带出山东味儿来。

"是胶东，胶东人。"我习惯这样说，而未具体说是哪个县。

"哦，是许世友开辟的解放区。"他很自然地随口说。

"是的。整个抗日战争和解放战争中，许司令都在那里打仗。先是胶东军区司令员，后来是山东军区司令员。"

以下我们几个人边吃边插话。当他听说我在天津工作便说："方纪、孙犁都在延安住过。"吃罢饭往外走时，给我留下印象最深的是，他说："刘知侠本来是河南人，但现在却在山东落户了，有人还以为他是山东人呢。"

当时，刘知侠写的《铁道游击队》比较"火"，还拍成了电影。我在心里猜想或许柳青认识他，但我没有多问。如上所说，我极少问人家未道及之事，尤其是在柳青这样既是长者又是成就卓然的大作家面前，我承认自己还是有几分拘谨，倒是柳青当时还问过我："你在山东工作的时候，见没见过刘知侠？"

我说："见过一次，不过是在理发馆里，他理完走了以后理发师告诉我，刚才那个人就是写《铁道游击队》的刘知侠。"

当时柳青听了这话，也笑了。这是我与他不期然见面之后的第一次笑。

在说话间，我也注意过他的穿着打扮。在后来见到过的柳青的照片好像都是戴眼镜的，可那时我怎就没注意他戴没戴眼镜呢。只记得他身穿当年大多数人习惯穿的灰蓝裤褂，而忘记他脚上是布鞋还是皮鞋。但有一点自觉极为深刻：他在表面上还有几分陕北的"土"，而在内质里却有一种比一般知识分子还知识分子的气息。这一点，不知怎么，只要我一想起柳青，这样的一种感觉就总是挥之不去。

在海口招待所，又一天的上午，"喷布"细雨仍在抽丝，但天上的浓云好像裂开了缝儿，空间也觉得亮了不少。我等得难耐，便信步走出了正房门外，发现门旁（大约是右侧）有一条长凳，便坐了下来。也就是过了不大一会儿，柳青同志也走出来，我想请他，他同时也向这边走来。我让了让，长凳两个人坐很宽舒。这时我想问他是一个人来还是有人随行，但没有开口，还是我那老毛病，不爱多嘴多舌问些无关紧要的闲话，但我向柳青道出我来海南岛以后自感发烧又查不出来的症状。他仿佛很有经验似的说："有这种情况，你不必担心。我估计是你因水土不服引起的一种反应。"

无论实际情况是怎样的，他的这番话还是给了我些许安慰。其实不管他是否对我讲明他来海南的意向为何，我都可以断定他绝不是受当时农业部指派去橡胶园采访的。果然，在相处的气氛更为宽舒之后，他已主动向我说了："我是这里文化主管部门邀我来的，匆匆而来，恐怕又是匆匆而归。我们那边事情很忙，他们大都还不知我来这儿了呢。"

"来海南岛一趟不易，要不就多待两天。"我建议说。

"恐怕不行，他们还不急了？"

也是，那时通讯工具极为不便，不似现今，手机微信什么的，打个长途电话都很麻烦。

不过，有一节他很看重，对我说："他们这里都建议我必须去儋县（今儋州市）看看。当年东坡居士遭贬，在那里住了好长时间，可能会有什么遗迹，那还是很有意义的。"

我说："去儋县走的是西路，我们走的是东路。"我感到非常遗憾，即使他去了儋县，我们也不可能同行。

以下，我们的谈话便归于正题。我向他详述了毕业论文是怎么写的，基本的观点和内容。他听着好像都比较满意。他对我讲过的则不限于《创业史》这一本书，而是他个人总体上的创作谈乃至文学观。我在年轻时过于自信自己的记忆力，很少做记录；岂知多年日久，加以各种冲击，怎能记得那么详细周全？但我还没完全忘却他对我讲的一些要点，印象最深的意思是：深入生活无疑是非常重要的，但是走进去还得走出来，从某种意义上，走出来比走进去还重要。因为你写出来的东西绝非生活原样的复制。一百个人从走进去到出来时都不可能一模一样，都会有正当的改头换面。生活是大家的，而作品是自己的，都打上了作家个人的印记，好与差都摆脱不掉。人物塑造也是如此，不应如照相一样那么像，就是照相，这个人与那个人照出来的在形态和神情上还有差异呢。从一定意义上说，作品中的人物身上，有客体也有主体，就看这主客体怎么科学地融合与升华了。文字表达也是一样：祖国的文字据说是仓颉创造的，但怎样组合、打磨和浸润就看作家的性格、才情和功力了。有的作家的语言文字比较容易模仿，有的还真的不好仿效呢。这后一种情况，表面上也并不怪异，却就是有他自己的品味。好比唱戏，有人能对名家模仿得很像，但行家细品还是能分出来，仿者到底还不是真正的创造……

　　我们在海口逗留的最后一天，我再也没见到柳青老师，可以断定他去当地文化部门忙他的事情去了。我很自觉，没有去打扰他。次日凌晨三点，我们去橡胶林的东路大巴就已开动，更不可能去向他告别。

　　还真如柳青老师所言，我此行归途上一到广州，自感发热的体温就好多了，到了北京，就全好了。在海南期间，可能我真是由于水土不服而产生了"虚热"。

　　我本来想以我的那篇写《创业史》的论文，来报答柳青老师——也是对我有幸与他邂逅海南最好的纪念。然而，由于特殊岁月中拙作的失落，便造成我的一种终身遗憾。奈何？

（本文作于 2023 年）

霍邱二李

一九五六年，当我考入天津南开大学中文系时，我就同时得知籍属安徽霍邱的两位先生：一位是我们的系主任李何林，一位是外文系主任李霁野。而且也得知他们当年与鲁迅非同一般的关系——在思想和学术上所受鲁迅先生的影响以及对鲁迅的感情等。

到校不几天，便有高年级同学向我指点："那位就是李何林先生……那位就是李霁野先生。"两位先生具体形貌虽有不同，但个头、仪态多有相近之处，只不过何林先生看上去更加严肃而不苟言笑。有同学告诉我，何林先生曾参加过南昌起义，在郭沫若领导的政治部做宣传工作。对此，我肃然起敬。

不过，在不久后的入学训话时被泼了一头冷水，这就是李主任说的："我们中文系不是专门培养作家的，而是培养学术研究和教学人才的。"我觉得这话好像是对我说的，因为我自小爱好文学写作，参军后做机要工作数年，未得展示机会，但在业余也发表了一些杂文、随笔和小品文之类。离开原工作岗位考入大学，主要原因就是想在文学上有所深造，在文学写作上得到展示。可现在得知中文系的培养目标并非鼓励文学写作，不免有些踌躇，但也未就此完全失望。

何林先生的严肃板正，使我怯于接近，因此在入学后的相当长时间里，与他没有任何个人间的交谈。好像是三年级时，听何林先生讲鲁迅的《野草》，在他讲课时的热情奔放、妙语连珠中，我重又看到他内心炽烈、思想活跃的一面。果然，后来我在课余坚持文学写作，并没有感到来自他那里的任何抑阻。虽然他在入学训话中表明不提倡当作家，但实际上并没有任何反对的行动。对此，我在内心里是默默感谢他的宽容态度的。

至于李霁野先生，因他在外文系，所以接触得较少，但有一件事却给了我很深印象。那是一九五八年的一天，我和几位同学去教授住宅区募集"废铁"，不期来到霁野先生的门下。他一开门，我见是他，礼貌说明了来意，他不但没有反感的情绪，还温和地让同学们进屋："你看哪些东西能用得上，都可以拿走，我尽力支持。"从他的神情上，能看出他很理解年轻学子的心情，有一种识潮流从大局的雍容态度。

我毕业后，很长时间都未与两位先生见面。后来听说何林先生被调去北京，在鲁迅研究室任职。1976年，我由工厂借调至一机部研究室工作，当时尚未完全落实政策。我到北京后，不由得想到了在京的老领导、老同学，其中就包括昔日的系主任李何林。我与他虽无私交，却毕竟有师生之情，觉得理应去看一下。我家离鲁迅研究室不远，记得是步行去的。当时何林先生在办公室，近二十年不见，本以为他应该认不出我了，却不料他一见面，竟能叫出我过去的名字："石恒基。"彼此寒暄后，他似乎了解一些我的近况，以安慰的口吻说："安心等待，我想问题终会妥善解决的。"我听后甚慰。我曾听同学张广钧说，他回到母校参与劳动期间，李何林主任最关怀同情他，在无旁人时，总是鼓励他振作起来："你还很年轻，来日方长！"

晚年的李霁野先生在天津奉献着不懈的心力，一次不平常的接触是在一九七九年，我因筹备创办的《散文》月刊即将问世，专程去南开大学他的居宅拜访。他接待诚挚，相谈甚欢。记得他特别赞赏出版一本散文作品刊物的创意，表示深信一定会得到广大作家和读者的欢迎，"时机也对，创意也准"。他由散文谈到西方的小品文，说许多人认为"小品文"的概念是《新观察》杂志创立的，其实英国很早就在报纸上有了"小品文"的概念和形式。他还语调轻松地说了许多题外话，譬如说养生，他说他的血压有时比较高，他非常注意调理，但并不迷信药物，主要是注意心情的平和、愉悦以及适度活动，"身体状况如何人本身是能主宰一部分的，但还不能完全说了算"。这时，我面前是一位富有情趣而自信的老者。

两位先生，生于同地同时（1904），同样享有高寿。有德操者而行远，君子之交者忆之悠长，非故意纪念者反而难忘。想来两位先生当如是。

（本文作于 2017 年）

往访吴伯箫

不想不觉得，一想吓一跳——这桩事已过去了四十五年！人生有多少个四十五年？其意不言而喻——难怪古人曰"苦短"。当时我在天津百花文艺出版社工作，正与同仁们筹办《散文》月刊。正因为其是一个专门发表散文新作的刊物（与它同时筹办的姊妹刊还有《小说月报》），大家都缺乏经验，急需集思广益，尤其是汲取各路方家的见解，使办刊的准备工作更加充分。在这方面，京、津、沪、汉、穗等地的老专家最多，于是同仁们或偕同或独自往访。因我妻女都在北京，平时差不多就是每隔一周都要回京探望，现在便多待一两天，也好去拜访在散文方面有建树有经验的"老"专家。

吴伯箫先生就是我心仪的一位。他从事散文创作和文化教育工作多年，也是一位在延安生活过的老同志。

他的散文佳作《记一辆纺车》等留给我的印象殊深，而且，他还是一位山东人，在我心目中更多了几分亲切。

我去拜访他时大约是个星期一，这一点我记得比较深刻。因为那时没有现在的"大礼拜"，平时回京探家都是周六下午，星期日家居一天，周一是上班日，人一般到得都比较齐。那时通讯条件不似现在，事前相约比较困难，所以人们大都采取"硬碰"的办法，直接去单位"凭运气"见面。就这样，我的"运气"还不错，我和吴伯箫先生在北京西城的一个单位传达室会面了，而且彼此的对话就在这里进行（至于是人民教育出版社还是教育部我现在已记不大准，不过这一点并不那么重要，重要的是谈话的内容和气氛必须准确）。在我的感觉中，他对我的采访丝毫不觉得唐突，而我对谈话就在这传达室进行也毫不计较。彼此都是从战争环境过来的人，哪里有那什么"摆谱"之类的习性。对了，我去拜访，在那年月肯定是持有单位介绍信的。

伯箫同志（当时还不习惯于称"先生"或"老师"什么的，我们肯定还是以"同志"相称，即使年龄上有差别也是如此）。他给我的印象大致与我预料的形象相似：身材应属中等、微胖，言谈举止纯朴中透着文秀，说话时鲁中口音不很浓重，在一定程度上还是"普通化"了些。我们彼此全是拉家常的形式，我没做记录（也没这个习惯），而在内心的感觉是：如做记录，反而易使对方感到拘束。好在伯箫同志自管侃侃而谈，语调不快却很直率，在我说明来意后他频频点头，所言在许多方面都超出了我提问的范畴，好像他的这些见解不是临时产生的，而是他既定的对散文的主张。总的说来，我觉得是真正的"文如其人"。

如上所述，由于没做记录，至今也不可能对当时的谈话记得字字精准，但对他所言的要义记得是不错的。他认为总的说来散文是一种清淡而淳朴的文体，不宜硬性追求"轰动效应"。不主张散文作家排名，因为文学作品不是粮食，不能用斤两计算，要提倡辩证观点，必须重质量、重特色、有自己的思路，达到思想性和艺术性真正和谐统一……

谈话在不觉间进行了两个多小时，我印象极深的是：传达室师傅既不表现热情也未做干扰。我下意识地感觉有一种非常时光过后不久的那种惯性表现。好在这丝毫不影响对话的成果。

谈话过后我就告辞了，伯箫先生礼貌地送我至单位门外而彼此握别。

这是我第一次也是最后一次与吴伯箫先生的会面。这与我在天津往访李霁野先生、去上海往访施蛰存先生和菡子女士以及去广州往访秦牧先生一样，都纯属工作上的会见而与个人交往无关，都是唯一的一面。

这种会面和交谈，亦与伯箫先生所表述的散文文体本质相似：清淡而淳朴。

（本文作于 2024 年）

从梅兰芳访苏演出所想到的

可能至今仍有许多人未曾想到：一种艺术在国际人士的心目中在很大程度上能代表一个国家的形象；一位杰出的表演艺术家也能成为这个国家的标牌形象之一。但这是千真万确的。在二十世纪三十年代，一位演员的出国演出活动就充分地证明了这一点。那就是一九三五年梅兰芳的访苏演出。

当然，这不是梅兰芳第一次出国演出，在这以前，他就先后率团去过日本和美国，都获得了巨大的成功，但这次访苏演出与此前所不同的是：不但在苏联掀起了京剧热，而且由民间欢迎进而发展成为一种政府行为。首先，梅兰芳去苏联演出不仅仅是民间艺术团体发出了邀请，而且苏联政府的外交部门也与当时中国的外交机构进行了接洽。为了迎接梅大师与筹措来苏的演出事宜，苏方成立了专门的接待委员会，由苏联对外文化协会会长阿罗舍夫担任主席。另外，梅兰芳是一九三五年三月到达莫斯科的，但从这年年初开始，莫斯科和列宁格勒两地就像庆祝节日一样充分准备：大街小巷张贴着印有"梅兰芳"三字的中文广告；商店橱窗里展示出梅兰芳的醒目的戏装照片；各主要报纸都频频登载中国京剧和梅大师本人的介绍文字；苏联有关机构还专门编印了关于京剧和梅兰芳艺术成就的书籍，以在苏联民众中进行宣传。这样，可以说"梅"还未到，名声已在苏联尤其是莫斯科和列宁格勒如波涛涌起。再者，苏联当局为使梅兰芳顺利到达并尽量舒适，专派"北方"号轮船至上海，该轮船还增设了必要设备，并整饰一新，到达苏联远东大港海参崴后再乘西伯利亚特快列车于是年三月十二日到达莫斯科。欢迎仪式的热烈情形出乎人们想象之外，更为不寻常的是：不仅是戏剧界和文化界人士，就连苏联的最高领导层斯大林、莫洛托夫、伏罗希洛夫等以及顶尖级的作家高尔基、阿·托尔斯泰等也出席观看了梅兰芳的演出。

何以出现如此隆重的局面？从大的方面说，京剧作为中国的国粹，是我国最具特色的代表品牌。当时中国虽是一个弱国，但在整个世界形势的格局中还是一个重要的存在。尤其是在一九三一年九一八事变之后，日本军国主义虎视眈眈，不仅强占了东北，而且觊觎华北、举爪沪宁，中国大江南北抗日的声浪高涨。苏联作为当时世界上唯一的社会主义国家，也面临着东西两面的军事威胁，尤其是东面的日本，已逼近苏联远东地区。这使苏联不可能不重视中国，邀请梅兰芳率团访问苏联，而且声势及规格如此隆重，这不仅是一种艺术文化的交流，而且通过京剧、通过梅兰芳，也有格外重视中国的内在含义。此点，当时的梅兰芳未必充分地意识到了，但在苏联方面事实上已是官方行为，不仅最高领导上做足了姿态，而且访苏的告别演出是安排在苏联国家大剧院，这种决定也不是一般民间文化机构能够做出的。正如当时国民政府驻苏联使馆致国内外交部的电报中云：此举是"外国戏剧家来俄者前所未有之荣誉"。从当时世界形势来看，尤其是作为苏联这样一个国度，任何非同一般的安排都不可能没有超出纯艺术范围的考虑。从文化交流角度上看，中国京剧无论对己方还是苏方都是首选。京剧，对许多外国人士而言都是相当神秘的。梅兰芳率团对日本和美国的访问演出，造成的冲击波已扩及地球上的许多角落，苏联当然也不能例外。任何艺术，愈是独特就愈为他人所向往，从而也就更有价值。苏联方方面面的人士都没有欣赏过京剧，但却早就听说过，他们无不希望一睹为快，因此当梅兰芳来莫斯科后，上演了《汾河湾》《嫁妹》《刺虎》等剧目，不同的文化背景并没有阻隔他们对剧情的领会与对艺术的欣赏。他们如醉如痴地沉浸在这几乎是全新的艺术氛围中，获得了前所未有的极大享受。每次演出结束，都要在观众的掌声和欢呼的波涛中簇拥下场。就这样，热情的人们仍久久不肯离去，完全为异国的一种独特的艺术所深深折服。当然，在很大程度上，也应归之于梅兰芳大师的个人魅力。例如：一位女市民不惜重金买了所有场次的戏票，就为了一场不落地享受梅兰芳的演出。更多没有买到票的人们，宁愿等待在剧场后门，待散场后一睹梅的风采，有不少年轻女性更率性高喊："梅兰芳，我爱你！"

至于此次梅兰芳访苏演出的巨大影响更值得大书特书。苏联著名电影导演在梅兰芳访苏期间为之拍摄的戏剧片《虹霓关》，他一直奉之为戏剧表演的经典作品。世界著名的苏联戏剧导演斯坦尼斯拉夫斯基和旅居苏联的德国大戏剧家布莱希特等，都认为以梅兰芳为代表的京剧艺术是世界第三大表演体系。苏联另一著名戏剧导演则充满敬佩之情地说："梅兰芳真是个奇迹，凡是关心艺术发展的戏剧界人士，都可以从他那儿在演技、节奏和创造象征诸方面学点东西。"斯坦尼斯拉夫斯基直至晚年还念念不忘地津津乐道梅兰芳的表演动作。当他指导青年演员排练莎士比亚的戏剧时，还启发他们借鉴梅兰芳的表演技巧。还有一位曾看过梅兰芳表演的导演不无感慨地以调侃口吻表达了他对梅兰芳手势的推崇："当我们看到梅兰芳的手，我们所有人的手都应该剁去。"德国戏剧家布莱希特直至若干年后在创作中还借鉴了梅兰芳所演京剧剧目中的某些情节和表演技巧。

京剧艺术，尤其是梅大师的表演，竟能使世界不同地域、不同文化背景的同行如此理解，而达到相互贯通，这本身就是一桩了不起的奇迹。它说明京剧艺术"最中国化"，却在某种意义上也最具世界性。如果一种艺术达不到具有极鲜明的特色、极完整的体系、极优美的艺术感染力，是不可能取得这样普遍折服的地位的。

　　梅兰芳率团访苏演出已过去了七十四年，这七十多年中，世界发生了巨大的变化，他出访的那个国家更发生了巨变，但当年他访苏演出的盛况与影响却不会因此而被遗忘或消逝。但愿就连异国众多人士也争相欣赏的京剧艺术不致因时光流逝而黯淡下去。既然二十世纪三十年代在万里之外尚能形成"京剧热"，如今在它诞生发展的自身土地上还能冷却下去吗？否则，不仅无颜以对创造发展这门国粹的先辈，也愧对如此推崇它的世界各国已逝的有良知的先辈们，是不？

（此文作于 2009 年）

潜山蕴玉看故居

说起来已是十好几年前的事了，在中国散文学会兼职，当时还很年轻的徐迅同志组织带领我和北京的几位文友去他的老家潜山县和安庆市参观访问。因主要日程安排在安庆市，我们在潜山只待了一天一夜，那次因为时间短，没有来得及去潜山境内的天柱山（稍后两年，我与老伴去安徽旅游终于登上了天柱山）。在潜山，我们主要是参观了与文学艺术关系紧密的程长庚故居和张恨水故居。

也巧了，我自幼爱好京剧，虽老家在胶东半岛，但对程长庚、张二奎、余三胜等大师级的人物并不陌生，自孩童时期便从大人那里得知京剧鼻祖的程长庚老先生的大名。他不仅是四大徽班进京的代表人物，而且进京后一直主持三庆班、担任三庆班主，平生对京剧的发展起了非常重要的作用。至于张恨水，同样是我少年时期就知其是中国言情小说的代表作家，即使在我的老家农村也有相当的影响。他的代表作《啼笑因缘》我在十岁上小学三年级时就从大同学那里借阅了，当时虽对书里描写的生活有些不大懂，但却有一种别开生面的新鲜感。至于那些恋爱生活的描写，当时也就是糊里糊涂地囫囵吞枣罢了。不仅如此，十二岁时，我还在九里镇集市上买了一本《啼笑因缘》残卷，作为我自命的"私人小图书馆"的藏书哩。

在参观程、张的故居时，我看得都很仔细。有时表面上不起眼的一件展品，也能引发我许多联想，由此及彼，深入思考。譬如程长庚，他历来不拘泥、不保守，善于汲取融合、发展创新，他在潜山老家时，即已注意将徽调、汉调、昆曲的长处巧妙地加以融合、丰富、提炼、升华，这才能卓成大家。又如张恨水，当年在他的身前身后，还有为数不少"玩"言情小说的"写手"，但他坚持自己基本的格调和风格，不使其滑向流俗，既有相当可观的作品数量，又尽量保持乃至提高应有的水平，所以才形成并稳居那个时代一个方面的翘楚，获得了如我上述不仅在都市即便在乡村也有一定的影响。这一点是很值得后世有志于文学创作者认真思考的。

我也记得那次当天晚上，当地文化单位与来自北京和外地的文友，饭后举行了一个活泼有趣的联欢会，在表演节目的同时又有自由交谈，规模虽然不大却很有质量。我印象很深的是一位来自北京的皖籍诗词、书法家，也是有造诣的票友先生，在大家热烈欢迎下唱了一曲《林冲夜奔》中"风雪山神庙"的经典唱段，甚得京剧名家李少春先生的韵致，博得座间听者的真诚赞赏。由于徐迅文友知道我业余也喜欢唱两口，他提议让我为大家助兴。在盛情激发之下，我也不便执意推却。不过平时我宗的是旦角行当，自思在老生泰斗的家乡，还是唱一段老生声腔比较对口，于是便自打鸭子上架唱了一段《空城计》中那段西皮慢板"我本是卧龙岗散淡的人"，自知唱得不够规范，却也聊以自慰。因此，我想程先生当年一定会常唱这段老生的"看家戏"，今天作为后生唱此，对前辈先生也是一次由衷的纪念。在联欢会空间的闲聊中，来自北京的一位文友对大家说我又出了新书，当即引起一阵小小的"骚动"，不止一位年轻业余作者毫不客气地向我要书。我来时只带了两本长篇小说，一本是十多年前出版的《爱城》，另一本则是前两年由中国青年出版社出版的《人性磁场》，两本书虽非专门"言情"的，却也涉及人性中的爱与憎、情感与人性善恶之间错综微妙的关系，最后我只能特送两本拙著赠予最热切索要的两位。

但当我唱过、赠书之后，我不禁又想到一个自感欠妥的问题，便对身边徐迅说了。我的意思是，在京剧鼻祖的故乡唱戏献丑，在小说名家的故居贸然赠书，这正如俗话说的"在圣人面前卖字""在关公面前耍大刀"，是有点太自不量力了。

但徐迅却很正经地说："长江后浪推前浪，任何时代都有任何时代的浪花，时光往前走，任何事也都要发展，不是自不量力，而是后继有人。"

年轻文友对我的一番抚慰和开导，消解了我在潜山短暂流连时的一丝不安，一天一夜总体来说过得还算充实而惬意。

（此文作于 2007 年）

刘云若小说中的昔日"梨园"

九四七年在故乡，那是一个偶然的机会，我拜读了二十世纪前半期的小说家刘云若的一些作品。当时，十几岁的孩子赶上了"土改复查"，我们村外出经商的大多都是"闯关东"，却全是中小户，没有发大财的；其他的几户大财主都在天津做事，有的开绸缎庄，有的经营房地产，而且他们主要的人丁都在天津，在家乡只有部分土地、房财与浮财。土改还好，一旦"复查"这些财主家自然不能幸免，而"复查"最大的"特色"是分浮财。我家是中农，不被分也不能分"果实"。赶巧，这些在天津发财的主儿有子弟也喜欢看小说，最便利也是最多的就是刘云若的小说，村里的农会长知道我最爱看书，可贫雇农谁也不要书这玩意儿，扔得满地都是，于是他就对我说："你喜欢看书的话，就抱回家看去。"

这样我就抱了一大摞书回去，记得有《春水红霞》《燕子人家》等三四种，而且人家这位刘作家动辄一部书就写好几卷，一部《春水红霞》就有上、中、下三册。这些现代言情小说与更早时接触到的小说一起，成为我青少年时期文学的启蒙作品。尽管刘先生在书中描写的都市生活对我来说都比较陌生，但同时也觉得很新鲜、很有吸引力，尤其是他小说中所反映的"梨园"行内部种种，更加深了自年幼就喜爱京剧的我的极大兴趣。

刘云若先生在小说中显现出他对"梨园"行有着非同一般的熟稔，尤其在《春水红霞》这部厚厚的作品中，更直接透视出天津"三不管"内的三教九流、五行八作，包括赌局、烟馆、妓院、戏班等，揭示了旧时代这些阴暗角落中的惊人黑幕。其中有一点给我的印象最深，这就是作者不仅爱戏、懂戏，而且极了解唱戏。在我看来，他一涉笔于此，绝不说外行话。在这部小说中，他提到了二十世纪二三十年代活跃在京剧舞台上的真实人物，如程继仙、陈德霖、雪艳琴等。当然为了文学作品描写上的方便，也用了某些分明是化名的人物，记得有一位坤伶主角章行云老板，一度纵横恣肆俨若氍毹女皇，调弄得一些土财主和富豪酸少三魂出窍、丑态百出。由于作者非常熟悉生活在底层中的形形色色人物，在刘先生笔下，他往往能抓住他们最"出彩"处，几个细节，便能使许多读者忍俊不禁，兀自几欲出声。人们特别注意到刘先生笔下一些特殊行当的市井小人，或愚顽自得，或狐假虎威、占便宜卖乖之态，每能渲染得淋漓尽致。

小说中的一个重要的情节仍是与"梨园"行有关的，这就是一个买办大亨兼黑社会老大式的人物，横行霸道、无恶不作到了极点，竟挖空心思从捧角到将一位年轻俊俏的男旦掠至家中加以摧残，又将他打扮得珠光宝气，以姨太太的身份出入交际场中，并将这位名叫安啸珠的伶人与其他姨太太姐妹相称，出双入对，由他恣意玩赏。与此同时，小说还交叉写了大亨、安啸珠与另一位武生演员以及大亨宠姜之间的错综关系、种种纠葛。作家刘云若对上述暴行的径直揭露，当时在我这个少年的心灵中，加深了对这个不熟悉的社会环境的认识，对恶霸式富豪的强烈憎恨，特别是对那个被摧残的男旦深怀悲怜之心。不知怎的，直到现在那个呼天不应呼地不灵的血淋淋场面仿佛还能浮现于眼前。

刘云若的小说使我了解了"梨园"世界，使我初步认识了天津，也使我远距离地认识了达官贵人和资本家的"上流社会"，虽然他的作品在当时还不如张恨水的小说那么"火"。但也许是个"缘"吧，我读他的小说却比张恨水的作品要早几年。在这以后的几年，我才读到现代作家鲁迅、巴金和茅盾的小说，但比读赵树理的小说要晚些。《李有才板话》这类解放区作家的书，对我来说是一种全新的感觉，主要是那种生活天地对我有一定的影响力。

新中国成立后的二十世纪五十年代，我自部队机要部门考入南开大学中文系时，刘云若先生还在世。听我的一位老同学说，他家与刘先生同住在河北路，这位作家"手忒快"，每天能为两家以上报纸写连载，随写随发，每天每家也就是几百字，将最后几个字写在纸条上并贴于案边的墙上，以备下次接着写。有时报纸的编辑提前来到府上，他还没有写完，便请编辑坐一会儿"等等"，他当场写完这一段叫人拿走，以不误见报。那时，天津市作家协会已经成立，刘先生还是第一批作协会员，记得我上大一时，去劝业场买东西乘4路公交车经过河北路，在一个胡同口，看见一位不同凡常的小老头在那里溜溜达达，手里好像还拈着一个不大的烟斗，似吸不吸的。我当时还在猜想：此人也不知是不是刘云若？

二十世纪八九十年代，百花文艺出版社又重新整理出版了刘先生的《燕子人家》等小说，据新华书店的同志说"卖得还不错"。如此，假若刘先生地下有知，也会感到几分欣慰；当然，估计他也会知道：太"火"是不可能的。可是，甭说别的，单拿他那"快手"和"量大"而言，当代许多作家还是望尘莫及的。

（本文作于 2004 年）

刘云若小说中的昔日「梨园」

硝烟裁成的封面

——忆当年

将近六十年前，穿行于硝烟弥漫的朝鲜战场的作家，我清楚记得有这样一长串的名字——杨朔、刘白羽、魏巍、菡子、华山、西虹等等。他们虽说不是中国人民志愿军部队的正式成员，但也不啻于真正的战士，时刻面临着危险，甚至也有牺牲的可能。他们唯一不同于一般战士的重要特征是以笔采写战场上发生的一切，将当时被称为"文艺通讯"的作品迅速传往国内，让广大同胞一睹为快，鼓舞士气与民心。正如我的一首短诗里的诗句那样："以硝烟裁成作品的封面／将炸弹爆炸声作为插图……"

当然，这绝非他们的特殊偏好，而是那时的日常生活。我作为一个晚辈和小弟，他们的那些作品伴随着我的青春。尽管在这之前，我也读了形形色色的书，但真正将人生的信念与壮烈的生活融入我的血脉的，还应属这样一些作品。所以，我的真正的读书生活亦应从此开始。

至今我仍清楚记得，一九五一年一天的上班时间（我当时在山东军区机要处工作），《人民日报》按时送来，在第一版的下半部，醒目的作品标题赫然映现面前：《谁是最可爱的人》（魏巍）。当即读了下去，最使我震撼的是最后那一段排比句："亲爱的朋友，当你……"谁都不能不被感动。当时我虽只十多岁，却也懂得：一般文学性的文章，大都在副刊发表，而此篇文章，却破例地在头版刊出，看来真是非同寻常！自那以后，"最可爱的人"就成为中国人民志愿军的代称和爱称，而且很快便在全国人民中叫响。

在那期间，另一脍炙人口的作品则是杨朔的《三千里江山》，杨朔同期以及在这以前，当然也写了一些"文艺通讯"类的文章，但都没有这部迅速反映抗美援朝的长篇小说如此轰动，虽然它只不过十几万字，可在当时就是公认的长篇小说（或者称为"小长篇"吧）。我记得在一九五三年春夏之间，当我因工作太忙而累得吐血，与一张姓同志在军区大院里的一间小厢房中休养，他在新华书店买了一本《三千里江山》，读得着迷，一边读还一边发表议论："真好，真动人。"说着说着，再一看他，竟眼泪汪汪的了。看来他真的是被深深地打动了。他"突击"看完，自然又传给我看。我看时虽达不到张同志那样的激动程度，却也觉得的确是真切感人，而且我最佩服作者的是：战争还在进行，他就写出了长篇小说，未经太多沉淀，写到这种程度，实在是难得。当然，从另一方面说，浴着硝烟，听着枪声，也许更能荡起心中激情，使作品的现场感更强。书中的老铁路工人和单纯热情的小朱姑娘，形象栩栩如生，音容笑貌如在近前。可见真实的生活对作家的感情触动是多么重要。当时我书还未读完，外面的同志即来向张同志借书，竟使这本小说传看得难以追回。也许在今天，人们对杨朔这位作家印象最深的是散文，而对这部《三千里江山》可能知之甚少，其实他散文"火"的时间是在数年之后。

另一位生长于苏南茅山革命根据地的女作家菡子，其散文作品是另一种风格：感情深挚而文字绵密结实，篇幅大都较短，却分量不轻。她来到朝鲜战场，绝不是首次经历火海硝烟，早在抗日战争期间，她就作为新四军的女小鬼而投身戎马。此次跨过鸭绿江，可以说是再闯战阵。二十世纪七十年代末，我为《散文》月刊组稿去上海拜访这位女作家，说起当年读她在朝鲜战场写的那些散文，她淡淡地一笑说："那都是些急就章。"

还有不少作家写的那些战场报道，当时多称为"文艺通讯"，以今天的体裁归类，主要应属散文或纪实文学。

如今他们大多已作古，其作品（书籍）在图书馆里或已"离休"，然而，书可以不再版，书中蕴含的灵魂却不可尘封太久，我——作为相识或不相识的晚辈和小弟，也许不必每年清明都到墓地祭扫，却不妨重温一下当年的读书印象，写一篇回忆文字，让昨天与今天在心灵与笔尖上"合龙"。

温故而知新，此更应如是。

（本文作于 2005 年）

硝烟裁成的封面

天才侯宝林

相声大师侯宝林谢世有年，在他生前我们也并不相识；还有我亲近的是文学，对相声只是一个喜爱者而已；文学方面的大腕级人物我平素也研究不多，何以笔涉这位相声界的大师呢？说来怪不怪，还在我青年时期，就觉得侯先生非同寻常，但要写他还是最近一个偶然感触所引发，将过去若干年中积蓄的感受一股脑儿都勾涌出来。

这是有关相声的说、学、逗、唱中"学"的一例，听来是个小节，却不知为何给我的印象如此之深，反差又如此之大。那次也是听一位当红的相声演员说"山东话"，更确切地说是胶东话。因为笔者是胶东人，对胶东方音应该说是熟悉的。尽管我们所说的胶东音，各个不同的区域甚至不同的县份口音并不尽同，但大致上还是有别于山东中部和西部口音的。这位相声演员模仿的胶东话，虽然在竭力突出它的发声特点和有别于其他方言的敏感部位，但遗憾的是，恰恰没有抓住要领，反而在当地人听来，竟露怯至有些"糟改"的地步了。其"奥秘"是：胶东某些地方发音中"尖""团"字分得十分清楚，但他们的"团"字音与普通话有差别，即唇与上腭缝隙较大，发出来的声音常被操普通话者觉得有点可笑，该相声演员夸大了这一特点，作为艺术，也应该是允许的；问题是他只知其一而不知其二，恰恰将胶东人"尖""团"音分得很清的字完全混淆了，简言之，他完全归之于"团"字。如"丘"和"秋"、"期"和"七"，都仿为同一个音了，而且似乎还非常得意，其实应该说是失败的。

我花了这么多笔墨叙说此点，是因我由此深深怀念起侯宝林大师来了。他在他的著名相声段子《戏曲方言》中模仿了胶东口音。尽管诸葛亮的原籍是鲁中南部而不是胶东半岛，但作为艺术我们并未苛求。关键是他"学"得惟妙惟肖，简直令我这地道的胶东人也无可挑剔；他十分注重"音准"，而并不做大的夸张，当然就不会使人有故意"糟改"之感。我记得当时有文章记叙侯大师谈他如何掌握胶东口音，说他曾住过的院里（或街坊）有一家烟台人，他便自然地模仿了，竟达到了一种精确而传神的地步，这不能不使我由衷地钦服。因为，恕我直言，就我所听到的相声段子而言，至今各路相声演员模仿山东中、西部的口音尚可，但对胶东话"学"得仍没有达到四十年前侯大师的准确程度。这到底说明了一个什么问题呢？

它固然说明侯宝林对相声事业非同寻常的严肃认真的态度。很显然，他没有哗众取宠之心，更没有玩弄听众之意，他以从容之心而取得精微动人的效果，这样的艺术效果无疑是不仅在当时能受到热烈欢迎，而且完全经受得起历史的检验。这就是为什么他的许多经典段目尽管时间已过去十几年，但那种思想的指向性尤其是它的艺术渗透力至今仍未过时，仍未稍减魅力。在这方面，当然不是上述一个《戏曲方言》模仿胶东方言的问题，但确是由此引发了我的思考。除了一般意义上的严肃认真和刻苦努力之外，还使我想到"天才"这个词儿。

仅就"学"的这点，就不能不承认侯宝林对于语音有一种惊人的敏感和深刻的感受力。同样是听人说话，他无疑是极其敏锐地捕捉到各地方言的"要领"而且具有很大的吸附力。还有表达问题，吸附了，领会了，还要加以正确的表达，从其效果分解上不能没有"天才"的作用，即脑、耳、口等方面非同一般的资质和超越平俗的"功率"。

毋须置疑，"天才"这个东西确乎是有的。李白诗云"天生我材必有用"，表现了他汪洋恣肆的自信。但这并非虚妄，只是说从主体感觉和客体验证上某人确有出众一些的天赋，在某些方面表现有出众的敏慧。不是不劳而得，而是劳而多得；不是得之艰涩，而是得之从容；不是循规蹈矩，而是常有突破。以往常听说这样一类定义：认为"天才"只是百分之九十九的努力加百分之一的天赋而已。这种说法具有很强的"群众性"，它对于鼓励奋进者勉力攀登、不迷信条件的制约去创造佳绩肯定是有积极意义的。但也有一丁点"副作用"，即忽视对确有过人天赋者的切实关注与研究；而这种研究所能得出的结论对于任何人都能从中吸取有用的营养，并不全是消极的效应。其实，刻苦努力与所谓"天才"之间是并不矛盾的。我们常常看到这样的现象：凡对某种事业有浓烈的兴趣、易出成果者，他往往更肯干、钻研，以期精益求精、好上加好；相反，如百钻乏果，渐渐兴趣寡淡，很有可能说明这方面不是他的"场"。因此天赋与努力在诸多情况下是密不可分的！那种百分比作为一种形象性说法犹可，但如作为严格意义上的比例，则"天赋"的成分未免太少了些。谁也不否认生活和学养对于一个艺术家是多么重要，如果侯宝林对于醉鬼没有细致独到的观察，他在《醉酒》里就不会将那类人物刻画得如此淋漓尽致；如果没有极好的悟性和丰富的想象，也就不会弄出一个醉鬼将手电光当成电线杆还生怕关上电门摔下来那个令人哭笑不得的情节。这充分说明丰厚的生活底蕴与艺术家的悟性之间天衣无缝的融合。同样，长期的文化探索也使侯宝林得心应手创作出《戏曲方言》和《关公战秦琼》。当然，其中也有小的纰漏，如《关公战秦琼》最初的段子中，将韩复榘说成是山东人，而实际上韩是河北霸县（今霸州市）人，在山东任省主席；可能后来有人指出此点，又改为山东籍军阀张宗昌了。这说明，纵是天才，稍有知识不到处，也会出现某些纰漏。譬如一服良药，天赋成分只是药引，如根治大病，还需多味药剂合力始能产生效果。

有关"天才"这个命题，多年来也是有争议的。最有趣也是离现在最近的一次论争当属二十世纪七十年代伊始的一次庐山会议上，围绕着设不设国家主席而引出"天才论"的论争，不过，那无非是将"天才"问题从本属生理、心理方面的问题引入政治领域，客观地说，"天才"不可能只有一个，各个领域、各种门类中都可能有天赋条件突出而又努力攀登目标的高出一般的巨子之类。

具体到相声领域，像侯宝林那样的天才人物很可能也不会多，不可能常有。然而，现在相声艺术的致命之弊主要还不在于艺术水平的高低，而是精神格调和品位修养的问题。譬如：表演者的自虐及虐人、丑化自己与丑化搭档、损辱对方株连家族等等，虽经不少有识观众不断指出，但迄今未能根治。在这方面，侯大师在表演中也不乏插科打诨、时抖笑料，却不损艺术品位。又譬如，如上所引的学方言问题，侯大师一经亮出，即经得起挑剔与检验。而今有不少的学方言者均不到火候，"蒙"不知者尚能博得一笑，但经不起识者验证。这说明功夫不到家者，或只知其皮毛而已，这一切，就不仅属于天赋条件而已，而是在敬业与奋发上还略欠功夫，在文化底蕴上还未达到一个相声表演家必备的条件。这里所说的文化底蕴不是要求相声演员都说所谓的"文化"段子，而主要指的是厚积而薄发，生活、文化积累等方面有足够的后盾，这样就会在很大程度上减少"贫气"。

老实说，我现在一接触到相声，就情不自禁地深深缅怀起侯宝林和马三立来，没办法！

（本文作于 2012 年）

高元钧和《一车高粱米》

剃得溜溜的光头，在舞台的灯光下似还泛着温润的亮色。蓝色的大褂卷起白袖口，身材微胖而敦实。下身看起来有点鼓鼓囊囊，初疑是大褂里塞了什么物件，但他在表演时如有必要，却立马能够手舞足蹈，全身都变得有节奏的轻灵，这就是山东快书演员高元钧。

二十世纪五十年代初，当时我在山东军区机要处担任密码电报译电员。其时正是抗美援朝战争正酣的时段，我们的军区刚建成不久的八一礼堂时不时有军区文工团的演出活动。刚从朝鲜战场归来的山东快书演员高元钧的表演是指战员们最热爱的节目之一，只要有高元钧的快书节目，我是尽可能要抽时间前去欣赏的。至于看了有多少次，今天已记不准确，当在五六场之多吧。

在今天看来，我当时只是一个十几岁的孩子，小时候眼睛里的大人，好像人家都"老"了，其实那时的高元钧，也不过四十出头（或许还不到）。因为，五十年代之初的所有"活动分子"，没有一个是真正的"老人"。

我当时以为高元钧是山东人。既然是山东快书，当然由山东土著的演员来演最为方便；另外，听他的口音好像就是鲁西南一带的方言。若干年后才得知他是离鲁西南不远的河南商丘地区人氏。也巧了，我大学时代的一位同学，业余说山东快书，也很在行，他也是河南商丘人。

在朝鲜战场上熏陶出来的演员及其作品尤富有战火气息。那时候，不只是高元钧，还有不少演出单位和演员不是去朝鲜战场体验生活，就是参加赴朝慰问为志愿军演出。有的还为此而献出了宝贵生命。我所知的天津曲艺界的著名相声演员常宝堃（艺名"小蘑菇"）和琴师程树棠，就是在演出中遭敌机轰炸而牺牲。有人形容说：一个被战火"烤"过的文工团队，不亚于一个特种师旅的威力。他们可以说已武装到手指和唇舌，有时也要拿起冲锋枪和手榴弹，使平时表演过的英雄再现而为自己。

但说来也怪，按说像高元钧这样一种艺术品类的顶尖演员，一定要冠以"著名"之类的头衔，这应属实至名归。但在那年月还不大时兴这样的"戴高帽"，记得当时的报幕员只是简洁地说"下面由高元钧同志演出山东快书"。经常连节目名都不说。

高元钧和《一车高粱米》

就在军区八一礼堂，我看（听）高元钧表演的山东快书名段何止一二。如他的拿手活之一《武松打虎》，就是一个绝对脍炙人口、百听不厌的经典节目。他口中有节奏的快板固然精彩，而那道白"插话"更神。举例说，当"老虎"被武松打得实在受不了时向他求饶"好汉爷，我太不舒服啦！"而高元钧口中的武松回答更令人忍俊不禁："你舒服了我就没命啦。"不仅活灵活现，而且入骨三分。

但在当时，最受欢迎的"高派"节目则是他的《一车高粱米》。这个节目之所以最受欢迎，首先因为它是应时之作，是真正诞生于抗美援朝烽火硝烟中的现实作品；而且是取之于朝鲜战场上的一个真实的故事——一车高粱米误打误撞地换来了一车美国大兵，使后者糊里糊涂地成了我志愿军的俘虏。作者取材本身就具有很强的戏剧性，再加上"快书大王"非同一般的演绎和传神表演，便使这个快书节目成为那个时代的经典曲目；同时也使高元钧跳出只演传统节目的套路，一跃成为演革命战争也同样拿手的带路人。

想当年，朝鲜战场上的一车高粱米，竟使来自大洋彼岸、一堆不可一世的"救世主"沦落为只值一车高粱米的蠢货，也令"山东快书"的知名度伴随高元钧的名字而飙升。一车高粱米换来一车美国大兵，固然是一桩十分合算的战果，但半个多世纪过去，我心中仿佛又可惜了那一车高粱米——那是足够一个团人数的伙食啊，竟被沾满血腥的兽兵取代了位置。但凡事从来难以两全，为了削弱敌人的有生力量，付出应有的代价也不能太"小气"。是吧，朋友？

一晃七十年了，当年高派快书演出的盛况，至今仍然历历在目。记得有一次我们机要处的同志看罢《一车高粱米》走出礼堂，一位平时爱调侃打趣的同志临机乘兴说："美国兵被志愿军俘虏了，而我们被高元钧的艺术俘虏了。"我们中有人回应说："那还是不一样，我们是情愿被老高'俘虏'的呀。"于是，大伙都笑了，笑得天上的寒星仿佛都有了些许暖意。

忘不了《一车高粱米》，就忘不了高元钧。他如今在哪儿？是否健全？不必细究，不要追问，对于不该忘记的人，就让他活在大家的记忆里吧。

（本文作于 2021 年）

长忆诗人闻捷 |

不久前，我接到已故诗人闻捷的家乡——江苏省镇江市丹徒区的来信，希望我能为镇江闻捷纪念馆写点文字。我当时即决定抽暇写一篇短文或题词，以表达对闻捷久怀的忆念与推崇。

早在二十世纪五十年代前期，当时我在部队做机要密码电报工作。尽管业务异常繁忙，但作为一个年轻的文学酷爱者，也还是要挤时间阅读所能看到的一些书刊，其中闻捷发表在一些主要刊物上的诗歌，即是我最喜爱者之一。当时最为评论家和广大读者关注的当然是闻捷咏新疆风光与农牧民生活的那些诗作，同样的，那些诗作也给我这个诗歌爱好者耳目一新的感觉。除作品之外，我当时即觉得：仅从有足够魄力远赴解放不久的新疆大地、天山南北这一点而言，就无愧于诗界乃至整个文学界的可贵先行者，因为，远行的跋涉、路途的艰难，六十多年前可不比今日，需要付出多大的辛苦与险危，确是今天的人们很难想象的。但从闻捷的诗中所见，他所到之处，不啻于诗的理想家园、人生精神的圣土，未闻到其声，只阅文字，诗人的崇高人生追求乃见！

在那一时间段，闻捷成为我本人心目中知名作家中的佼佼者之一。

一九五六年，我响应国家号召进入大学深造，在南开大学中文系度过了五年专攻文学的时光。在此期间，一九五八年暑假师生大写文学史，除古代部分外，还研究编写近现代的文学史稿，王达津教授和我担任了诗歌部分的正副组长，这使我有机会深入研读了闻捷的诗作。因为，在我们全组二十多名师生的共同认知中，闻捷是新中国成立前后最优秀的诗人之一。我们将他的名字紧排在贺敬之、郭小川后面，而且公认他在诗的生活面、取材角度、独特艺术风格等方面，取得了杰出成就。尤其是二十世纪五十年代初以来，他写新疆的抒情诗与叙事诗，获得了专家与广大读者的喜爱。他的诗蕴含的情感是真挚炽烈的，代表了新中国诞生之初那个时期最具普遍性的人民的心声，这一点是可贵的，也将成为历史的定格。他的诗风，无疑是清新的、现代的，但深含的韵味又不难感受到诗人闻捷在吸取中国传统诗歌艺术精髓方面的成功创造：他没有食古不化，而是以现代情味融化之；诗句自由、流畅又具一定章法，绝不散乱芜杂却又突显出一种丰厚的明净；他从不拘泥于韵脚，却又有一种自如的节奏感，令人读之非常舒服。总之，他的诗具有思想美、文字美、韵律美乃至视觉美，是这一切美质的融合体。我当时即觉得：这种艺术风格既是大众喜闻乐见的，又是闻捷这位诗人难得的鲜明标志。当时师生们对"入史"的每位作家的定位及其思想艺术的研讨，绝不粗放将就，而是非常认真细致，记得当时大家对我提出的上述评价均无异议。

只可惜，后来形势的变化，写就初稿的文学史最后未能付梓，但由我执笔写的诗歌艺术方面的分析（包括闻捷）草稿约三万余字，我在那以后是保存了的。但其与其他我珍藏多年的十几本书籍均不幸在特殊历史时期丢失，尔后便杳无踪影。

呜呼，诗人闻捷！呜呼，喜爱他的诗作的人们的研读成果！……

一九七八年完全落实政策回到文化系统后，听说闻捷令人悲怆的遭遇，伤痛之情溢于身心。我与诗人虽从未谋面，但绝不陌生，惜今生无见面机会，亦不失为一大憾事！

幸而又过了十多年，一九九三年，闻捷的家乡镇江市举行诗人诞辰七十周年纪念活动。当时我正在人民日报文艺部任职，应邀前往镇江。记得在列车上还不期而遇《诗刊》编辑雷达同志，他也是一位诗人（时过二十多年，但愿这个情节我没有记错），我们正好一路同行，抵达目的地后，又见到自上海前来的我多年的老友、诗人宁宇，女作家戴厚英等几位。宁宇与我别后数年，戴女士是第一次晤面，但都相谈甚契，会间彼此发言亦都心灵相通。但未料不久之后厚英在上海惨遭毒手，我闻之又是一桩痛事，人生尚有如此的"凄惨"，事过数年亦心潮难平！

最后我还要说几句题外话：我上述镇江之行，并非首次，而是第三次了。第一次是在江南解放、新中国成立之前的一九四九年夏末，我随机要部门的领导赴江阴，途经南京、镇江各逗留一日；第二次是一九七九年，当时我在天津工作，为筹办《散文》月刊去上海拜访专家文友，又经镇江下车盘桓一日。但前两次是"过"、是"看"，而这第三次则是"悼"，心情当然是大不一样。至于丹徒，我同样也不陌生，少时喜爱地理，看二十世纪三十年代上海出版的大地图册，丹徒成为"正标题"，而镇江反作为"副标题"置于括号之内；镇江（丹徒）并一度作为江苏省会，此"反客为主"的地理现象虽持续时间不长，但在江苏和其他省份都存在过（包括北方某些地方，如河北保定称清苑、山西太原称阳曲），未细考当时做此更移是出于何种动因。我之所以提及此点，是因为无论镇江还是丹徒，都是诗人闻捷的家乡，由于爱闻捷，便觉它们都分外亲切了。

为表闻捷纪念馆约稿感受，我写下了如下一联文字：

雪山融诗意百年不泯闻公盛德
江晓诵涛声余韵长存教化厚恩

　　不工之处，希谅。所幸不尽诚意，使我忘却了戊戌暑夏炎热，皆闻捷故乡之情、诗之力也。

（本文作于 2015 年）

忆青岛笔会中遇雁翼

一九八一年六七月份，由时任山东省作协主席刘知侠和常务副主席苗得雨发起主办的青岛笔会，在距离著名的八大关路不远的荣成路五号一所宽敞的别墅院落活动了五天。在那个年月里，五天的活动并不算很长的。

被邀请与会作家都是山东籍的，他们是：于寄愚、曲波、峻青、雁翼、严阵、石英，加上东道主刘知侠、苗得雨，还有青岛市作协主席、以写渔岛生活著称的姜树茂。应该说，笔会的人数并不多，而且雁翼的出生地馆陶县此时已划至河北省，但诗人苗得雨调侃地解释说："馆陶原来就是属于山东省，我们从来就把雁翼看作山东的诗人，或者是河北和山东共有的诗人。"这时刘知侠更逗，他插嘴说："其实我也不是地道的山东人，我的老家在河南，我是在山东工作，现在也算是山东作家了。一进一出，我和雁翼同志扯平了。"他们这番话，说得雁翼只是笑不拢嘴，连说："对对，我对山东一点也不生分。"

其实，从道理上也说得过去。外地人也许并不详知，我还是在记事儿时就听大人说过，那时，在故乡，夏日出来纳凉时，听曾在青岛经商多年的三胖哥讲述有关青岛的一个掌故：原来远在青岛建市时，有关方面就把当时山东省的一百零八个县名都做了街道名。适巧，笔会的第二天我们乘大巴游览市容，正好经过黄县路和龙口路。黄县是我的老家所在县，而龙口当时是黄县的一个港口，第一次世界大战期间，日寇就是在此抢滩登陆，大肆烧杀抢掠，并从此自腹背攻占德占之青岛。我幼年时便听老师说：龙口也是国耻纪念地之一。当时只记得我们所经过的黄县路，虽然不长，却很幽雅，在二十世纪八十年代，就仿佛有了冷餐馆和咖啡厅之类。但那天不知怎么车没有从馆陶路经过，因之前我来过青岛多次，依稀记得馆陶路相比之下并不算小，我作为小弟安慰雁翼兄：日后专门再来看。我相信，他后来肯定是去过了的。

在我的印象中，雁翼兄长少年时期就参加了革命，在二十世纪六十年代，中国作家协会主持出版的五位"青年诗人"选集中，他就名列其中（其余四位是张永枚、李瑛、严阵和梁上泉），实际上他在当时属于年轻的"老革命"。总之，我本人对一起与会的"老作家"们都心怀敬意。其中于寄愚同志可能知之者不多，但他的革命资历很老，抗战刚爆发时就参加了鲁中徂徕山武装起义。后来一直担任山东革命根据地文化战线的领导工作。我记得抗战胜利后在小学宣传队演的剧本中，有不止一种"于寄愚"编剧的。他解放战争后期随大军南下，现在安徽省文化系统担负领导工作。战争年代以至新中国成立初期，我常见到有的老同志资历很长，笔耕不辍，在文艺方面做了许多有益的贡献，但平时不事张扬，并不以"大家"自居，在一般文人圈内名不响震。我觉得寄愚同志就是此种类型。所幸主办方的知侠、得雨同志能够不忘耆宿，邀之回乡，共议文艺大业，亦不失为一种风格。

曲波、峻青则都是抗战初期参加革命的老干部。曲波以长篇小说《林海雪原》影响之大自不必说，峻青作为战争年代的随军记者，写了不少震撼人心、正气昂扬的血泪文字。我自少年时期就在胶东《大众报》上读过他的《马石山上》《血衣》等"文艺通讯"（当时对文艺速写、小报告文学等的俗称）。新中国成立后他的著名短篇《黎明的河边》《老水牛爷爷》等多年选入中学语文课本，凡过来人大都是耳熟能详的。

在这之前，我们听到的多是青岛是避暑胜地的美誉，但在这次笔会期间，我们感受到的却是奇热难当：每天早晨六点就汗流浃背。当然那年头只有简陋的电风扇，没有现在这样的空调设备。会方为了照顾大家，研讨的内容没有安排得很紧。譬如第三天上午，就在海边沙滩上伞形凉棚下，请大家喝冷饮或品茶，东南西北，随意聊天。雁翼不知在哪里听说我会唱两口京剧，便提出："咱们也别总是干聊，活跃一下嘛。"雁大哥发话了，我好赖都得依从，因为我在《梅兰芳舞台艺术》中看过梅大师从汉剧名家陈伯华那里移植来的《宇宙锋》，便模拟唱盘唱了一段西皮原板。

老爹爹发恩德将本修上，
明早朝上金殿面奏吾皇。
倘若是有道君皇恩浩荡，
观此本免了儿一门祸殃。

没想到一段京剧学唱引发出一场关于宦官的话题。忘记是谁表示质疑说：赵高是个宦官，而宦官是不能传宗接代的，那他的女儿是抱养的还是认的干女儿？这一问竟使几天来一直沉默少语的于老打开了话匣子。他说中国在秦朝是不阉割的，到汉朝以后才实施了所谓的"净身"措施。所以赵高是可以有女儿的。他的一席话竟使大家你一言我一语议论起来，丰富了这一影响中国两千多年封建朝政跌宕的"畸男"话题。

大家话音未落，苗得雨同志带来了山东籍老诗人臧克家给笔会寄来的贺信。以他特有的热情和风趣使海滩夏日的气氛更加和谐。与此同时，上海《文学报》的编辑、记者且是诗人的黎焕颐也赶到了，除了报道笔会，他还向各位作家热诚地约稿。那年代这类活动有一种发自肺腑的认真态度。

当时我还在天津百花文艺出版社工作。在谈到编辑工作时，引发了雁翼兄对近二十年前我在《新港》月刊向他约稿之往事的回忆。他说自己有一次寄来一组六首诗，心里估计至多能用四首，却不料六首全发了。对此我说："关键还是稿子有质量，合乎刊物的要求；再说，当时我一个人说了也不算，还要执行主编万力同志批准。"（那时主编是方纪）。这时我的黄县老乡曲波也开口了："干编辑工作既要严要求又不能抠抠搜搜地点浆水，要有一种大气大方的气派。"他所说的"点浆水"只有我能懂，我们本乡话的意思指的是：给神像或祖先烧纸时，同时要用一把锡壶浇一点水；这壶的嘴儿极细小，只能点点滴滴，乡民借此比喻小气、抠门、不大方。

　　时间自那时至今，又过了三十年，雁翼兄与当时青岛笔会的参加者中，于寄愚、曲波、刘知侠、苗得雨、姜树茂以及当时笔会的采访记者、诗人黎焕颐先后逝世，而寿翁峻青已是九十六岁高龄，居上海，虽辗转于病榻仍依恋人生。记得青岛笔会结束我与他告别时，他正用大毛巾擦着肩背上的热汗，说："青岛虽也不算凉快，但上海更热得多。"我觉得他的言外之意是：再热也还要回到来的地方去。

（本文作于 2018 年）

童年的"书斋"

我始终觉得，一九四四年至一九四八年在故乡胶东解放区生活的童年时期，是我一生中精神上的黄金阶段。

我当时除了上学、参加力所能及的革命斗争以外，就是在余暇时间里奋发读书。当时限于条件，能见到的书报很少，但只要能看到就绝不放过。用一句毫不夸张的话说"很贪婪"。

说起来很有意思，我也算有个"书斋"。在我家的三间上房中，西间屋蒙母亲恩准许我支配使用：晚间在这里睡觉休息，白天有余暇就在这里看书、写字，温习功课。屋子靠南窗的半部分是一铺土炕，窗台很高，没有炕桌。平时看书，就跪在炕上，将书搁在窗台上，借南窗的光亮来读。靠炕的西墙边有一个柜子，柜子靠墙也是我的一长溜书籍，西头用"书立"挡着。

提起这对"书立"，至今还是刻骨铭心。当时我高小时的语文老师王中戌是北平的一位大学生，放暑假回乡后，因交通断绝不得不在小学任教。我在文学上受他影响很大。应该说他非常喜欢我，但只教了我一年时间，交通稍稍松动后他就立刻要回北平，临走前送了我一对铁质的"书立"，上面喷的是蓝色的漆，我记得。

就是这对很有纪念意义的"书立"，夹着我这不成体统的"书斋"的不足三十册书。现在我还能记得起来的书名有：赵树理的《李有才板话》、萧红的《生死场》、翊勋（恽逸群）的《蒋党真相》、张恨水的《啼笑因缘》、刘云若（天津的"言情小说家"）的《春水红霞》，还有线装的全部《说岳全传》、《今古奇观》一册、《济公传》一册、《施公案》一册、残缺不全的线装《西游记》两本，还有记不起名字来的历史学家著的《中国通史》一本，更有两大本二十世纪三十年代出版的《中国分省地图》和《世界分国地图》，等等。

这些书，来路也有多种途径：《李有才板话》《生死场》《中国通史》是我在县城新华书店买的；《施公案》《济公传》和《今古奇观》是我在集市上的"破烂市"用我干妈给我的压岁钱买的。那时，这些旧书很便宜，一两角"北海币"就能买到。《说岳全传》和《西游记》残卷是我在外祖父家小厢房的旧物堆里找到的。《蒋党真相》是我高小毕业全县会考获奖的奖品，而张恨水和刘云若的小说以及两本大地图册则是一九四七年夏秋土改复查中，本村农会长梁本给我的。贫下中农分果实谁也不要这些"破书"，老梁大叔说："你爱学习，就拿回家去看吧。"尤其是那两本大地图册，我真是如获至宝。它长约一尺、宽约六寸，除了分省地图彩页（含重要城市）外，那用来说明的文字每页均能折叠三四折，有将近一尺长。后来，再也没见到过如此厚重、说明详细的地图册。

从"书斋"的品类看，说明我当时看书是比较杂的。因为书少，有些书我读了不止一遍。由于我自小酷爱史地，那两本地图册（尤其是中国地图）我趴在炕上一看就是小半天，看来看去，一些图页形象简直就印在脑子里了。爱读书的结果，当然主要是开阔了视野、丰富了知识、分明了爱憎，但也可能有一定的"副作用"。如《今古奇观》和《济公传》的某些篇章和个别描写，对启蒙性意识起了一定作用，不过，总的说来还是"开卷有益"（宋太宗赵光义语）的。

除了书籍外，我的"书斋"中也有两种报纸，一是胶东的《大众报》（大报），二是《群力报》（小报）。这都是我向别人借的，今天借昨天的，还时再借下一天的。《大众报》是借村公所的，也顺理成章，毫不费难。村里的会计和财粮委员都说我是"知识分子"，每天他们看过后都给我预备好了；《群力报》是借本村张洪琛同学的。

每天都拍人家的大门，真有点不好意思，但为了求知，看报有瘾，也只好红着脸伸手去借。

时当解放战争正酣，我光看报还不过瘾，又根据报上的敌我进退消长的形势，按我熟悉的地理，绘成一幅幅战争形势图：包括东北、华北、西北、华东、中原各战场，主要城市和交通线。每幅图旁都粘一个小纸袋，装着红蓝两色三角小旗。哪个地方解放了，就插上小红旗，哪个地方暂为敌占，就插上小蓝旗。画好的"形势图"，贴满了墙上。就这样，每天都有变化，自己瞅着也着迷。但也因此耽误了干农活，耽误了打水和拾草。有一次我母亲真急了，从炕上硬是拽着我的脚拖下来，然后不由分说，将我的"战争形势图"统统从墙上扯下捅进灶里烧成灰烬。我心疼得哭了，但过了两天，我转念一想：再画！再贴！不知为什么，我的第二次行动母亲没有干预，"形势图"一直保存到不久以后我参军的时候。

作为一个人民解放军的小兵，我离家辗转各地，第一次探家是四年以后。回家一看，我的"书斋"没了，而且书也统统没了。问母亲，她说都让串门的一本本地"捎"走了。别的我还不在乎，最心疼的是那两本比我岁数还大的地图册。从那以后，在哪儿也没见过那样的"宝物"。

程砚秋与青龙桥

我之所以要写京剧四大名旦之一的程砚秋，源起于一个地名。这个地名就在北京西郊颐和园西北一点叫青龙桥的。一年多来，我为了去看望在香山医院疗养的老伴，每隔两三天就要乘公交车从这个地方路过："青龙桥，青龙桥车站到了。"服务员清脆的声音叫得特响，尤其是那"桥"字，儿化音清亮而高亢。

她的报站声使我引发出一点记忆，就是从前在相关资料上读到京剧四大名旦之一的程砚秋在日伪占领北平期间不与之为伍，誓不给敌人唱戏，毅然决然宁肯到西郊种地，也要保持凛然的民族气节。这一点，当年使幼小的我与对梅兰芳先生蓄须明志一样感到十分敬佩——一个艺人有此品格实在是了不起的。

说来有点可笑，作为年届九旬的我，至少有两次不惜中途在青龙桥车站下车，为向当地的居民寻访当年程

我与今古文艺家笔墨神交

先生赋闲耕耘的具体地点，探听有无遗址和纪念地。也许是因事急匆忙，没有去街道办事处之类打问，结果是怏怏而归。有一次甚至还很不快：我问了一位七十多岁的京味十足的大嫂，我说的是程砚秋，她竟误听为程不朽，还反问我："你打听的是不是'文化大革命'中专门盯着过路人吐痰罚款的那个程不朽呀？她还没死，不过瘫在床上有几年了。"她的回答使我觉得丧气，不论是有意无意，都是对有品格的大艺术家的一种亵渎。当然，也怪我找错了门儿。

从那以后，我放弃了程先生隐居农耕具体地点的寻访，但青龙桥这个地名却永贮心底，因为它确是一个正面象征的真实存在。

而另一方面，作为自幼酷爱京剧的我，对程砚秋先生的为人与从艺的品格始终都深怀敬意。

我听说程砚秋这个名字以及最早听到他的唱腔，还是在十岁左右的童年时期。我的老家是胶东半岛濒临渤海和莱州湾的秦置古县。西面有龙口港，自清末民初即与天津、大连、烟台等城市有班轮通航，二十世纪二三十年代的京剧盛期，北京不少名角凡去烟台唱戏者几乎都会去龙口演上几天，以飨喜爱"大戏"的观众。我家南邻的一位穆姓佃户就是戏迷。据说他在二三十年代，只要听到了名角到了龙口，无不倾尽腰包步行三十华里赶至那里以饱眼耳之福。他既是佃户，何以能够看得起名角唱戏？其实也并不奇怪，凡事在一般中也会有个别。此人虽租种房东几亩水浇地，但因与房东非同一般的关系，故和一般佃户比腰里总有些余钱，便将其打发在听戏的爱好上了。

我十岁左右时，夏日村边由我叔伯舅舅曰润和东邻三胖大哥带头，每日傍晚饭后铺一方苇席，天南地北海聊。也就是我在别的文章中所说的"苇席上的乡村课堂"。在这当中，上述那位穆姓戏迷有时也来凑热闹（但非常客），他一来，话题就是当日去龙口港看名角唱戏的往事。有一次他集中讲了在七七事变前去龙口戏院听程砚秋的一场"打炮戏"《荒山泪》。程是去烟台的，在龙口只演三天。穆戏迷毕竟还是囊中羞涩，只在第一天看了一场，后两场只有望空叹气。不过他还是说："程老板唱的就是有味儿，这味儿怎么说呢？比哪一派都不一样。只可惜后两出《鸳鸯冢》《青霜剑》没看上。这一辈子就再也没有机会了。"

他所说的"味儿"大约就是指的是程先生根据自身条件独创的深沉婉转、抑扬顿挫十分讲究的程派唱法。只可惜，我也未曾亲临剧院听他唱全出大戏，只在十二三岁时从邢曰榕大舅舅（街坊辈尊称）家的留声机唱片中，听程先生与其他三位名旦唱的《四五花洞》。虽然老唱片效果较差，还是能够听出他独树一帜的演唱风格。参军后做机要工作期间，在取消必须二人以上通行证之后，在济南北洋大戏院和天庆戏院也看过几次从京沪聘来的据说是程派青衣名角的戏，虽未听出太多的名堂，但多少也能感到有的只是在外表上做足了模仿，但程派的真髓似乎还学得不到家。有的甚至模仿过头反而觉得仪态欠美。如过于强调抑扬顿挫的节奏，连下巴颏也频频地抖动起来，这显然不是程派艺术的初衷和要领。

我始终觉得，一切艺术的真谛，最重要的是内涵之厚实，而不重在某些表面的皮毛（如是相声的纯模仿则另当别论）。真正大家风格之形成，都是主客观各种因素融合而自然"挤"出来的；过分刻意虽够严酷，反而容易失实而走形。还有，只为哪派行时而硬性移植效果也不见得太好。这正如不能让李逵变成石秀一样，叫他大闹江州挥动板斧冲锋陷阵犹可，如叫他去祝家庄打探虚实，则绝对不那么相宜。因为我确实见到本来学的是别的流派，而近年来又改唱程派，听起来颇觉得生硬而欠自然。

作为一个程派艺术的欣赏者和京剧的持久爱好者，年届九旬尚能经常从青龙桥路过，每次都会由此想到程砚秋和程派艺术，足矣。

（本文作于 2025 年）

下　卷

古代文艺家

史星耀龙门 |
——司马迁与司马光

像是天公有意精心安排，一条黄河，西岸陕西韩城出了个司马迁，东岸不远处山西夏县出了个司马光，两位都是杰出的历史学家和文学家。虽相隔一千多年，但以黄河天险禹门口为枢纽，历史旋出东西两司马；黄河激流中鱼跃龙门，跃出《史记》和《资治通鉴》两部皇皇巨著，不也是一种奇妙的巧合吗？

看来，天地间的巧合事，往往比艺术家的想象更奇谲、更恢宏。

不信吗？又是典型的地灵人杰。我去韩城芝川镇司马迁祠时值隆冬，但风不甚厉，日溶薄云，登上芝川镇南奕坡旁的悬壁，古树临风，气肃人稀，祠后墓丘上，恰有一株古柏分叉擎天，有力撑霄壤之概。既出，立于祠门台阶之上，东瞰黄河，水雾迷茫扑地腾空，迤逦而南。黄河西岸至悬壁之下，田垄阡陌，麦苗仍未失绿意。一条溪水自西北黄土山麓而来，环绕祠崖，滋润冬苗，一派盎然生气。

我问当地老者："这里就是司马迁的出生地？"他显然不满意于我的多问，断然答道："那还有错！单说这司马迁祠的修建，已经有一千六百多年了！"那就是说，先有了这古夏阳的山水形胜，才有了司马迁；而不是因为太史公的身后名，才人为地垒成这足能俯视龙门的高台。

我去夏县司马光墓及涑水先生祠是一个大地蒸腾、秋禾结实的夏天。这里没有黄河西岸那样的黄土高坡，基本上是一马平川，但也四野蔚然，土肥渠盛，嘉禾茂焉。这无疑是另一种"风水"。据说这一带向来重视教育，村童读书之风始终不减。由此又使我想起司马光幼时为救同伴击缸泄水的故事。如果我们暂且抛开当时所谓新法与旧制之争来看他在修撰《资治通鉴》及其他学术上的建树，这位老先生也不失为中华民族历史上一位有突出贡献的人物吧？

司马光墓也许是距今时间短些之故，保存较为完整，石像碑刻等等虽也经风雨剥蚀，但毕竟可见近千年遗韵。这里的地形地貌建筑格局虽不如河西太史公祠那样嵯峨巍然，但平实中见雍容，稳健中又透出熠熠文气，恐也不单是观瞻者心理作用使然。某一杰出人物的出现，固然与其个人独具的诸种因素有关，但也不能忽视此一方土和彼一方土的影响和成因。即以司马光故里所处的河东一带，汉唐以来，名臣贤相、诗杰文士不乏其人，勇冠三军的武将也不难列举。前者如南宋主战派重要人物、力助岳飞抗金的闻喜赵鼎，"唐宋八大家"之一的唐代永济柳宗元等；后者如汉末解州关羽，唐代河津薛仁贵等。

所以，如果说河西韩城太史公祠是一部大书的封面，那么河东以夏县司马光祠为中心的人文图景便是封底。这本身就是一部史书，一部中华民族生息发展灿烂文化的真实记录，一部充满着勃勃生气堪称辉煌却也令人深思以至扼腕喟叹的长篇史剧。

然而，巨著毕竟反映的是昨日，谁也不能躺在古今未易的土地上一味咀嚼往昔的辉煌。何况这片水土哺育成长的一些杰出人物，在那个年代多属备尝酸苦的受难者。被誉为"功业追尼父，千秋太史公"的司马迁自不必说，柳宗元也因"永贞革新"遭变而贬黜永州薜荔之地，宋赵鼎则被奸相秦桧迫害流放海南而客死崖州。因此，当我为这方水土的地灵人杰感到欣喜的同时，也仿佛品味到往昔的秋风中酸涩的余味。

一味咀嚼往昔是一种惰性的表现。我们切不可在古今未易的土地上，总是撒播不经改良的陈旧种子，也不可永远满足于烟熏火燎的自唐宋即有的土窑烧制砖瓦。冬日赴韩城途经河津，我还到崖顶上去寻找薛仁贵贫贱夫妻住过的寒窑，结果发现那一带地貌可能千年未变，老乡的生活情状比起沿海开发地带还有相当差距。可见这片土地上的脱贫致富之路还很艰巨！

可喜的是，我在河西看到来自山东和江苏的支援陕西脱贫地区的车辆满载物资源源北上，还有不少干部和技术人才也志愿开赴兄弟地区，慷慨地奉献出致富真经和宝贵的血汗。河东地区正在大修公路网，抓住公路这个缰绳，便可在改革致富的大路上驰骋。晋西南黄河拐弯处也在大兴开发，利用当地资源把经济搞活，力争在几年内建成不逊于沿海沿江的富庶的金三角，与比较封闭的、囿于黄河弯圈的昨天揖别。

黄河禹门口是自河西韩城至河东夏县的必经之路，相传大禹在此处"导河积石，至于龙门"。我总觉得黄河是一条金扁担，而古代的大禹和当今的时代力士的肩膀就是龙门山，他铁肩义担，挑起河西河东，挑起稻麦棉花，挑起《史记》和《资治通鉴》两部巨著，挑起改革年代的新著续部，在古老的黄土高原上闯出一条崭新的道路！

（本文作于 20 世纪 90 年代）

爱其一文而不计其余

——兼及作者曹丕

有时我很难想象，一个公元二世纪后期至三世纪初的"中青年"，不仅写出了流畅自然、富有民歌色彩的歌行体诗，特别是竟能创作出五卷本言简意赅、贴近创作实践、直至今天仍有启示价值的文艺理论文章，而且其人还并非单纯的"专业作家与评论家"。你道怪也不怪？

但这确有其事，确有其人。此人就是曹操的次子、史称"三曹"之一的曹丕（字子桓）。此人从一个方面讲，在表面平凡甚至憨厚之态的遮掩下，承继乃父威权霸业志在必得，而且得力于司马懿、华歆等权谋家暗点或明唆的有效支持，在相搏争夺中逐渐占得先机，居于不可比拟的优势；其弟曹植被排挤出局，丕仍然步步进逼，所谓"七步诗"的故事就是其弟几被挤下悬崖而粉身碎骨的象征性一幕。与之同时，在乃父曹操死后，丕终于彻底废掉了傀儡皇帝刘协，成为曹魏的第一代皇帝。从这一方面来看，好像此君日日夜夜都在与心腹权臣竭尽阴谋以实现"大业"。

先不说这些，因为许多事情都是统治者及其家族子弟间为获取极权所必然，还能指望他们一个个都是谦谦君子，如故事传说中那样"孔融让梨"般的温良恭让吗？这显然是不可能的。我还要说的是：自丕登基到去世的七年间，由他独当一面主持曹魏的军政事业似乎并无多大起色，能够"守成"就算不错，对照先王孟德公，他在手握军政大轴转动寰宇的能力上显见不足；且真正的实权还有向极擅隐忍的权谋家司马父子暗转之势，而曹丕似乎淡化了乃父生前的提示，临终前还将懿公作为托孤大臣而倚重。部分原因也许是出于无奈，谁叫自己早于年长近十岁的"老师"匆匆地"走"了呢？悲夫？

不过，且慢，客观公正的后世人千万莫要忽略了此公的另一面，那就是在文学创作尤其是文艺理论方面的独特造诣和成就。他的著述很多，现存诗歌四十余首，形式多样，自成风格，抒情意味中极富人生况味和世事沧桑。仅以许多人所熟悉的《燕歌行》为例，它不仅是我们今日所能见到的最古的七言诗，也是幅制较长的"中篇抒情诗"。全诗句句押韵，明丽却又深沉，无疑是一首思、情、音韵俱佳的力作。如果说以诗歌创作而言他在"三曹"中尚不为奇（因其父曹操古朴苍劲的

四言诗之老到，其弟曹植风雅瑰丽的大量诗赋，各领风
骚），而他的诗文评论乃至文艺理论方面的成就，不仅
在魏晋时期即使在整个中国文学史上也占有相当突出的
地位。今天的《典论·论文》只是他五卷《典论》中的
一篇。在我大学的古代文艺理论课中，除《文心雕龙》
《诗品》等著作外，单篇文章中最重点讲的就是曹丕的
《典论·论文》和陆机的《文赋》，足见其被重视之程
度。《论文》中最抢眼之说则是将文学的精神价值作为
"软实力"提升至空前高度，所谓"经国之大业，不朽
之盛事"。强调文学作品"以气为主"。此处"气"，不
少人解释为"气势"，不能说不对，却不够全面，亦未
触及内质之深度。"气"，含有气格、气质、气韵等深层
感觉以及气度、气势的风神和仪态。他还主张作品忌呆
板与单调，认为"文非一体，各有专长"，这实际上已
接触到作品的不同风格问题；而且认为对不同的风格应
予以充分尊重，不可强力批驳。为此，他对建安时期的
一些代表性作家的作品做了深入浅出的评判、分析。如
说"徐干有齐气"。"齐气"，应做何理解？土味儿？地
方特点？有人以为此说有贬义，实则从本质上说是有独
特的地方色彩和本土气息。这仍与风格有关。

最可贵的是：一篇近一千八百年前的文艺理论文章，
读之半点也无遥不可及之虞，而且不乏现代感。你道怪
也不怪？

从这一方面看，这位魏文帝并非终日只是玩弄权机、
一味过皇帝瘾的角色。他的诗作特别是他的文艺理论文

章，都不是偶一为之唾手可得的小摆设，肯定都是些很用心、很吃功夫的成品。试看当时三国的文士，更遑论当时其他帝王将相们，哪一位在文艺理论上能"玩"得过他？所以仅以《论文》为代表的五卷《典论》而言，便使我本来从小说和影视中获得的对此公的欠佳印象，回归于较全面的理性为宜。一篇对后世产生了如此重要影响的文章，其价值较之生前多夺下蜀、吴的几个城池又当何如？尽管不便比拟，至少也耐人深思。

（本文作于 2010 年）

"融四岁能让梨"与"覆巢之下安有完卵"

在我面前，展放着内中涉及同一个人"事绩"的两本书，这个人就是孔圣人的二十代孙孔融。关于这位汉末三国时期被曹丕引入"建安七子"的人物，我小时候在读《三字经》时就因念诵过"融四岁能让梨"的古训而知道他，而现在我面前这本书虽不是《三字经》，却也是新中国成立后出版的劝善励学、少年立志的针对童少年成才向上的好书；而另一本则是不久前我去西北途中顺手买到的一本主要是发表散文随笔的期刊，在历史人物栏中作者专文评判了孔融。作者认为，史书和演义中刻画的这个孔融，说穿了就是一个自视清高、目中无人、夸夸其谈，从本质上说是完全不谙世事、只会玩小聪明的假大空之流；在文学创作上较之"三曹"父子那些真正叫得响的诗文根本不能相提并论，曹丕之所以将其引入"建安七子"，也许是考虑到孔融的家世原因，在某些方面给予其一点补偿，也好给建安文学充充门面而已。

这篇长文还谈到孔融最后的结局问题，他说：如果说孔融小时候与成年人之间的舌辩还的确表现出一点小聪明（但并不乖巧可爱），而当从政时竟对统领者曹操的重要决策大放厥词，这无异于乱搅棋局，言其"找死"亦不为过。文中还提到融的手下人趁机向曹递"揭发材料"，难免有"捏咸盐""加佐料"的成分，但这也是孔融平时得罪人太多造成的，以致当曹操下令处死孔融时，竟没有一个人为之说情，这也是他平时口不积德所致，云云。

值得注意的是，此文至此而止，至于当时廷尉（捕快加刀斧手之类）至融家，融之二子对弈而了无惧容，同时云："覆巢之下安有完卵乎？"意即整体覆灭，任何个人均不能幸存。融之二子此时多大？按《世说新语》交代：一个九岁一个八岁，都还是小孩子。能在灭门之祸降临时，依然如此从容表述，其识见与心态都非同凡俗，此节看似在大事件之外，实则非寻常之笔。遗憾的是上述论说孔融之专文却偏偏"忽略"掉了。

我这里无意纵论孔融一生短长是非，因为同一个事物、同一种表现，站在不同角度有不同感受，均可说出一定道理。甭说是千数年前的古人，即使发生在不久前之事，本人不在现场，任凭传言，也很难保证做出毫无偏差的结论，但关于孔融本人少年事及其幼子在大事件来临之表现，非见于某一点传言和一处记载，作为今人的我们没有理由完全不予置信。如对融幼时"让梨"之举，我们还可以言其无非儒家风化之下的小熏陶而已，但对其幼子（究竟出自哪一个无可考），临危时的非常识见和超常心态，则不应小觑。这至少不能完全漠视孔门之家教，甚至与"遗传基因"恐亦不无关系。如此从容不迫的一句话，虽还不能与此后曹髦喊出的"司马昭之心路人皆知"那样具有跨时代的引申意义，但也具有人生哲理的某种普遍性，饱含着世间事物中那种至为无奈、难以幸免的沉痛况味。

如此说来，上述那篇长文对孔融幼时显现出来的可取因素的一味嘲弄，尤其是对融之幼子在临危时的罕有理性与深含悲情的"从容"做冷漠处理，至少是不公平的。什么叫"可以理解"？如果对孔融本人在"大事件"面前所表现出来的迂腐（旧时代许多知识分子的通病）和不识时务滥发狂言加以嘲弄尚属犹可，但对某些旁观者的趁机泄愤乃至添油加醋也表示"可以理解"，理由是孔融本人平时"得罪人太多"故咎由自取，即"破鼓万人捶"是也，这就有点太缺乏具体分析了。笼统说是"得罪人"，缘何而起，孰是孰非又如何？可以说是尽皆不知，只凭千数年后的主观臆测，特别是对于添油加醋、捏造以拱火之举，这显而易见是不能"予以理解"的恶行，应该认为在孔融被杀中是占有几分罪责的。这不禁使我联想到此后的八百年张俊在岳飞遭害事件中，出伪证陷害忠良以求荣，所以后世在杭州西湖岳坟前竖起的四个铁人中就有了张俊一位，这两桩事在性质上固然不能完全相提并论，但捏造"罪证"以诬陷他人之行径向为正直人所不齿，至今亦如是。

至于融之幼子临危时之言行，专文冷漠而不置一词，却是不易理解的。其父纵然罪孽深重，与其子又有何干？而在那个年代，就是如此无一幸免。八九岁小小年纪，其心性、其理智如此超出常人，当可推想如未遭此劫而健康成人的话，会是不俗之人才，人既载体不存，又何期成才乎？稍稍思之，既觉酷极痛甚！仅此一点，即难忍再举嘲弄之笔，难道还能辩论这之间没有连带关系？

我在耄耋之年，仅能如儿时之年，口诵"融四岁能让梨，司马光打破缸"，却无法以同样心情，说出"覆巢之下安有完卵"这句话。

（本文作于 2023 年）

从《文赋》想到三国名将子孙陆机

我是一九五六年考入天津南开大学中文系的，大约在一九五七年春季，我们的中国文学史课讲到魏晋南北朝阶段，任课老师为王达津教授。

文学史中也掺杂着文艺理论的讲授（我们尽管有文艺理论的专课，但那是纯马克思主义文艺学的基本理论，涉及中国古代文艺理论的内容极少）。我记得这一阶段主要有曹丕的《典论·论文》、陆机的《文赋》、刘勰的《文心雕龙》，而钟嵘的《诗品》则是数语带过，没有展开来讲。

中国古代的文艺理论应该说是比较稀缺的，所以仅有的几篇（部）便格外引起重视。陆机的《文赋》是赋体文论，记得王教授在讲课中还不自觉地吟诵。陆机本身就是诗人，也写散文作品，所以其创作经验比较丰富，涉猎的内容很广泛。从作家创作过程、兴起及可能遇到的问题、优长与弊病、构思感兴、独创与应关注之点，以及对文体、风格的分析等等，均有一定见地，较之曹丕的《典论·论文》阐述更为详尽，对后来刘勰的《文心雕龙》肯定有借鉴意义。

不知为何，当时我在听讲《文赋》时，不自觉地想到了它的作者形象：似乎是不高不矮、不胖不瘦，身材适中的一位文秀男士，而且竟与二十世纪四十年代中期我的一位小学语文老师王中戊联系起来：身穿一件浅蓝色大褂，留短分发，脚上一双半旧的黄白相间的皮鞋，风度儒雅，却不体弱。这种不无荒诞的形象联想一直到《文赋》讲过后仍在继续……

其实，我联想中的这两个人相距一千六百余年，而且其身份没有任何相同之点。陆家为当时江南士族，世居吴郡华亭（今上海市松江区）。陆机之祖父陆逊，为孙权时东吴名将，在公元二二二年的彝陵之战中大获全胜，甚至直接导致汉昭烈帝命丧白帝城。在此之前公元二一九年，吕蒙白衣渡江袭取荆州并截杀关羽，其实也有陆逊从中谋划。此后陆逊一直镇守武昌（今湖北省鄂州市），长期任荆州牧直至花甲之年去世。其人不仅富有将略之才，且思想缜密，亦有文质，与其有关的多个成语流传于世，如"忍辱负重"等便是。其子陆抗（陆机之父）亦为东吴名将，长期扼守长江防线与西晋大将军羊祜相抗衡，曾多次击退晋军东进之举。在此期间，陆抗还追杀了西陵督叛将步阐，受东吴当局长期信任，为荆州牧、大将军。

可以想见，假如陆逊父子这样谋略过人的名将在世，公元二八〇年"王濬楼船下益州，金陵王气黯然收"那样的局面将不可能实现。只可惜东吴好运毕竟已经结束，西晋军浩荡东下之时，陆逊已离世三十五年，而陆抗则刚刚去世六年，但昔日那种势均力敌的形势毕竟已不复存在！

陆机、陆云兄弟尽管在东吴也曾做过牙门将之类，但已无其先祖、先父那种自来具备的军事将才。吴亡后，不得不相信（亦存很大幻想）司马氏对亡国遗臣的"宽厚"之举，兄弟俩在居家苦读诗书数年后，相偕赶赴洛阳，投奔司马氏政权，且一段时间内各有所倾动，被称为"二陆"。大致相同时间，尚有张载与张协、张亢而号称"三张"。所谓"三张"与"二陆"结局不同在于：张载等目睹西晋当局表面奢华盛事，实则乱局一堆、杀机四伏，于是称疾告归，得以免遭大劫。而陆机兄弟也许血液中仍含有先人"出人头地"的基因，颇想在不同槽中多享几口嗟来之食，还想在政略与兵戎方面也展现一番。一个机会（也是陷阱）是：司马氏自家窝乱，八王之间相互撕咬，成都王司马颖攻打长沙王司马乂，而任陆机为"后将军""河北大都督"。至于当时陆机是怎么想的不得而知，恐怕被绑架的成分很大，硬着头皮也要应召，结果可想而知。本质上属于一介文士，却要去带兵冲锋陷阵，既非当年先祖先父之"本行"，又非处于东吴自家的大环境，败局几乎是早就等在那里；再加上谗言吹进主子司马颖耳朵里，八王哪个不是阴谋家加血腥遗传基因造就的胚胎，这位成都王正没处撒气，"杀"字一旦出口，便如一股黑风吹断擅长骈体文的头颈，陆机连同胞弟陆云很轻易地成为魏晋时期嗜杀成风的又一宗祭品，悲夫！

陆机乃至"二陆"的命运，有那个时期大环境之必然，也不能完全排斥他们本人行事中的教训。假若他们的先祖陆逊、陆抗地下有知，会不会为故国之不存与子孙横遭司马氏之"屠戮"而顿足捶胸乃至唏嘘挥泪？

当然，这个屠戮者的司马氏当局也谈不上真正的美妙。一个以阴谋起家、血腥互虐成性的司马氏政权，在中国历史上的帝王事业中其荒淫无伦应毫无争议排在冠亚军之列，我国的史书上不乏对所谓晋武帝司马炎的记述，其后宫佳丽达万人之数，如"羊车投草"之类的成语皆出于此。而晋惠帝之后贾南风（司马氏宠臣贾充之女），更是一个淫虐乱政的典型，她挑动八王互弑并擅权多年，最后当然也死于他人之手。

但在此期间，也出现了一个似乎难以理解的特异现象：西晋政权的建立既然如此荒纵无伦，却能在攻伐大业上取得表面统一中国之局面，而且产生过如邓艾（艾伐蜀时虽属曹魏，然军政大权已皆为司马氏所掌控）、羊祜、杜预、王濬等一些战略家和一流名将。此种现象，亦不能被简单地理解为"回光返照"，它说明在强势统治集团的逆光笼罩下，较短时间内迸发出了一种超常的诱惑力与影响力，造就出某些不俗的人才和时代业绩，这在中国历史上也并非绝无仅有的情况。然而——

多么残酷的"然而"，在昙花一现之后，晋武帝之后的惠帝、怀帝、愍帝之流，不是作为呆瓜被人糊里糊涂地毒死，就是被匈奴等外族入侵者当成"青衣"（晋怀帝即曾被逼青衣行酒）饭桶蹂躏而死，而且死时相对都较年轻，西晋四十余年的跌宕生态，此刻还去哪里呼唤晋初那名将迭出的局面？

在这点上，不能不说到司马睿的东晋偏安江南，还使中华大地东南一隅显现出尚较温润的几缕阳光。

说了这么多，似乎疏离了文题中的人物陆机。不，当我们再翻阅他的文艺理论著作《文赋》时，起码暂时忘却了他生存年代那个大环境，不再嗅到任何血腥味，而且不禁吟诵文中之要点：作文之由，一感于物，一本于学。而所难者，在于"意不称物，文不逮意"也。然。

（本文作于 2020 年）

巨树巨著共长生

——浮来山归来有感

刘勰是一棵树。他的文艺理论巨著《文心雕龙》也是一株盘根错节、枝繁叶茂的巨树。我至今仍感到奇异的是：尽管在刘勰之前，也有一些阐述文艺创作规律、探索艺术生产奥秘、研究表现技巧的文章，但像《文心雕龙》如此系统、如此浩繁、如此全面、如此精到的文艺理论著作，"破天荒"之功仍应归于这位刘公。

我之所以将他和他的《文心雕龙》比之为树，并非臆想妄言，因为在刘公的故乡山东莒县，确实有这样一株三千多年的银杏树。这株号称"天下银杏第一树"的奇株就在莒县城西浮来山的定林寺院内。这座寺院始建于距今一千五百多年前的南北朝，据记载就是南朝萧梁通事舍人刘勰所创建。后刘勰南去为官，居于京口（今属江苏省镇江市），晚年为僧，后北归遁迹于浮来山定林寺，故世称此处为"刘勰故居"。

古老的银杏树当然是先于刘勰所有，他出生时银杏已是巨树。银杏固然是比较长寿的，但并非所有的银杏都能长生数千年之久。既是遐寿罕见，想必有非同凡常的灵性。刘勰稍稍长成，此树就有一千数百岁矣！想必不可能不对他有所启悟。自然界万物与人，尤其是自然界的非凡之物与最具灵性之人，常能产生灵犀相通的感应。大地之母既能哺育成如此非凡巨树，那么人的心灵之城就不能生发出惊世巨著吗？

所以从一定意义上说，刘勰和他的《文心雕龙》也是巨树。甚至还可以干脆地说：刘勰就是那棵古银杏树，古银杏树就是刘勰，尽管树龄较人龄老得多，但彼此的生命已经融而为一，就不能仅仅以生理年龄来机械地计算了。

这银杏树与刘勰之间的关系虽然略同，但又有本质的异处：银杏树是鲜活的生命体，而且虽历经三千多年风雨雷电、地震兵灾，至今还是生机盎然、果实累累。此与人之自然寿命相较简直无可比拟。文管所老所长告诉我："今年因为天旱，白果（银杏）结得少了，往年更多。"如此累累，还说是少，那多的时候又是何种情景？

当年刘公选择此地建造定林寺，肯定也是得此古树的福荫。此树居于前院正中，树冠恰好覆盖了全院，成为天然的凉棚。看来寺也好、人也好、文章也好，都是以巨树为本。寺门南侧有一巨石，上有刘勰手书"象山石"三字，以形容寺内银杏树之雄伟。以现在的时髦话说，这充分表现了刘公的古银杏树情结。

　　但说来也奇，前院的三千余岁银杏树和后院据说是唐代的较小些的银杏树，都是雌株，按银杏生殖规律，需附近雌雄兼有才能结果。可老所长断然说："一里地之内绝对没有发现雄树。"那就是在更远更远的地方了。真的，奇树的生长规律也不同一般。

　　这棵高 24.7 米、干周 15.7 米的巨树，周围有许多历代官绅、文人墨客留下的碑记和诗赋，这里仅录其中一首："大树龙盘会鲁侯，烟云如盖笼浮丘，形分瓣瓣莲花座，质比层层螺髻头，史载皇王已廿代，人经仙释几多流，看来今古皆成幻，独子长生伴客游。"据传说，春秋时代莒国国君、鲁国国君和避难于莒国的齐公子小白（后来的齐桓公）都曾先后会于这棵银杏树下。如今君侯贵胄"皆成幻"，但当年他们会面的大树却在，仍然那么青葱、那么繁茂、那么潇洒、那么精神抖擞，看来人寿比起树寿、非常之人的寿龄比起非常之树的寿龄，确实是望尘莫及的。

　　不过，且慢绝对说，那创建定林寺的刘勰呢，人虽早殁，但传说尚在。提到这寺，看到这树，就没法与刘勰的名字分开。其原因是不是刘勰有一部《文心雕龙》，而那般君侯们却无?

巨树与巨著，共同点是不朽的生命力。物种精神和人文精神，相映相偕于浮来山麓，蔚成中华一大奇观。

桃花源的魅力

桃花源是一个令人神往的童话般的奇幻境界，也是我三十年前初读《桃花源记》时就心向往之的地方，尽管在此后的许多年间，人们告诉我，这实际上是一个并非真实的存在，只是表现了陶渊明意在隐居遁世的精神寄托。在大学读书时，还有的同学因为不经意流露出想一见桃源仙境的念头而遭到批判，被拔了"白旗"。但在我的内心里，桃花源却并未因为这些不分青红皂白的诛伐便减弱了吸引人的魅力。

直到三十年后的今天，受湖南省有关方面举行"武陵笔会"之邀赴张家界途经桃源县时，我才亲临此地。归来还感到奇异难解的是：它留给我的印象是这样深、这般美好、这么多难尽释然的感怀和悠长醇香的余味！

这到底是为了什么，使我这个走南闯北多涉佳胜、一向认定"观景不如听景"的游子惊羡于桃花源的极致呢？

　　是进门之后那片果实累累的桃林引起了顾名思义的端绪？还是桃花观上厅悬挂的历代名人雅士的题诗触发了我效颦弄墨的意趣？抑或是主人热情待以著名的擂茶使我联想起三国时那位老妪以此茶拯救莽张飞部众的佳话？也许是那玩月亭告诉我唐代诗人刘禹锡曾来此吟诗令我加深了对先贤的崇慕？……

　　都是，却又很不完全。我趋步深入探幽，突出的意识还是为了给我熟记和热爱的《桃花源记》寻求注脚，为那位中华民族的杰出人物——大诗人陶渊明的美学追求做些富有意趣的印证。因此，传说中"秦人古洞"的遗址首先使我驻足恋看不已。

　　这是山根下的一个断层的遗迹，隐约可见似乎是填塞了的洞口，如今已长满了青苔和杂草。由于泉水潜流，附近土石保持着永不干涸的湿润。据向导说，这就是陶公《桃花源记》中所写的"山有小口，仿佛若有光"的那个古洞，后来由于地壳变动，山石塌陷，洞口被填没，而今从这里已无法通向那个"有良田、美池、桑竹之属"的神话般的境界。向导的神情是那般煞有介事，听者又是这样认真虔诚。我本来站在外圈，似信其有，又觉其无，但随后也不由得受到了感染，怀着嗟讶而惋惜的心情离开了现场，继续沿着山壁狭路攀缘而上，突然，去路截断，哦，这里倒有一个不及身高的窄长洞口，黑魆魆的，深不可测。前面有一游客本已仓促入内，又觉骇异，慌忙抽身退出，大叫"没光！没光"。

我理解此君语意是指"仿佛若有光"那个"光"字。由于他的传染，原来踟蹰在洞口的几个游客一时也难决进退。这时洞内有人高喊："有光啦！——马灯！"大家才不再犹豫，遂鱼贯而入。我也随同进洞，果见有一二盏马灯照明，虽不甚亮，但路已可辨，倒甚合"仿佛"之词意。我边走边留意，脚下有碎石硌脚，两边洞壁多有斫凿痕迹，显见是经过人工的努力，且新碴毕现，看来工程时间并不太长。正思量间，向导随后跟上，适时介绍曰："这是不久前才开凿出来的，地点离那个堵塞了的古洞也就只有几十公尺。"我听后释然，内心以为这并无不可，既然老洞堵塞了，为了达到那个魅人的境界，缘何就不能另辟蹊径？难道还非得使今日老弱妇孺游客从原古洞上方攀越山脊才算真实？才算没有逾越古人的成文规范一步？似这样新凿一洞，任何人都能穿越而入，有许多方便。不足之点是，以今日马灯喻古洞之光多少有损游客所应领会的意境，这也不是不可以改进设置的。

眼前果然"豁然开朗"，有"豁然轩"在焉。"别有洞天"的大字匾额是如此引人入胜。眼前果然是田连阡陌，稻绿花红；四周环山，像个圆桶；恁般静寂，别无杂声，只有树丛深处，鸟啭蝉鸣。果然是另一番小世界，连风丝也被山脊和丛树所阻隔，气温少说比"外部世界"要高上几度。若是在冬令，肯定是一个避寒的难得佳处，但在这溽暑七月，却要比外面多几分"心定自然凉"的耐性儿。然而，一种索隐探求的庄严感使我忘

122

却了脊背上汗涌的痒处。

这是一个多么别致的环境啊！它触动我进行了新的思考，推翻了过去一些年在我脑子里形成的既定的认识。在大学里学文学史，老师断然告诉我们说：陶渊明笔下的所谓桃花源完全是子虚乌有，在那个社会中，根本不可能有一个与世隔绝的仙境。而今我觉得：仙境当然是没有的，绝对的隔离状态也是很难的，但我今夏以来先后深入闽西北和湘西山区，却发现了不少与中心城市和交通要衢远相隔离的幽深地带。譬如闽西北武夷山腹地，在一个三五户的丛林山村与一老年农民谈起，他肯定地告诉我说：他的祖先是宋末元初为避元兵侵害从北边迁过来的，有世代相传的家谱为证。从那时起，数百年间未受到战火侵扰，后却遭到国民党军队残余势力的祸害，最后是解放军解放了他们，才传来了山外世界时代变迁的风信。湘西山区是否也有类似情况？似亦不可断然否定吧。由此我联想：陶渊明把此地描写成一个"不知有汉，无论魏晋"的世外桃源，固然不无夸张，但这种虚构在当时也是有现实依据的。甚至我还认为：任何形式的文学作品，如果完全脱离了现实生活，一味胡编乱造，不可能有长久的生命力，而《桃花源记》的引人魅力历久而不衰，绝不是偶然。

我在这里固然没有遇到古代装束的"黄发垂髫"，也没有被"延至其家，皆出酒食"，却在一座凉亭下看到几位穿戴入时、气质不俗的村姑一起说笑。当伙伴中有的赞赏一位姑娘的皮凉鞋好看时，她说："这是我爸爸到北京出差买来的。"而另一个小巧的姑娘则指着自己的连衣裙夸耀说："我这裙子是他从广州寄回来的。"我想这"他"，按通常习惯，多半指的是未婚夫吧!

哦，这就是今日的桃花源!

我继续东行，寻找出去的路径，刚转过一片新建的瓦屋，只见一老一少并肩而来，看眉眼肖似父子。老者肩荷锄头，笑语中不离"责任制"，年轻人手拿算盘，也争说自己的新鲜事儿。当他从我身边擦过时，我清楚听到他说"我们茶社也实行承包了"，语间不胜欣喜。我转过一个小山脚，果见一个茶社，此时既卖冷饮，又兼售桃花源游览指南等书刊。我猜想那年轻人或许就在这里服务。

我从新辟的"秦人古洞"进来，看到的是一个新的境界、时代新风中的新的人。他们不仅知汉知晋，更知中华振兴。堵塞了的旧洞口没有阻绝生活的足音，圆桶般的山围也没有割断他们同外界的联系，北至首都，南至祖国南大门的广州，这里的人都可深切感知共同脉搏的跃动。我在想，假如陶渊明也能来参加此次"武陵笔会"，他会不会产生新的创作冲动，写出《桃花源记》续篇?

以下沿途，我还经过了许多亭苑设施，当不一一赘述，感触最深的是一座不起眼的"既出亭"，以"既出，得其船"一段文意而得名。如今亭下是有一条溪涧，但杂石横陈，丛草芜生，即使有舟亦不可行。好在今日游览者不必乘舟，现代化的小汽车、空调大轿车已在等候。我既出，但不是诀别，更不会迷途，有机会还可能再来，而且要招呼朋友和对中华民族的优秀文化、名苑胜迹有兴趣有感情的人，都来一饱眼福。我本为索隐探幽而来，印证《桃花源记》所记究竟可靠性如何。及至看过之后，对陶公所记真确程度怎样已觉得无关紧要，不论那个流传了一千数百年的名作是一篇纪实文也好，还是一篇想象成分很大的优美散文也好，甚至看作一篇短篇小说也好，都是有很大的认识作用和审美价值的。《桃花源记》如此，按此文设置的胜景亦如是。

我"既出"，怀着对中华民族文化传统和山川胜景的自豪，带着品咂不尽的美的享受和时代新风的洗礼，走出来了。我们还要走进去，走进对祖国历史和现实生活精于思考的宝库，走向一个追随先贤、建树新业的更高一级的境界！

（本文作于 1984 年）

桃花源的魅力

漫笔李白与杜甫

李白与杜甫是伟大的诗人。伟大，文学史上是这样写的，人们的口碑中也是这样记颂的。

伟大自然有伟大的内涵，这样的桂冠不是随便加上去的。

但也有人撇嘴说："什么伟大，他们自己生前知道吗？"

也听到另一种灰暗的语调："任管怎样纪念他们，就是把他们的坟墓（如果有的话）金镶玉砌，他们自己也没有任何知觉。"

瞧，这倒不愧是些真正的"唯物主义者"。

他们是不相信人死后有知觉有灵魂的，那么，这可是一种进步？

不，这是一种悲哀。

如果按照这种生活哲学，那自然是今日有酒今日醉，不管明朝发大水。

如果按照此种生活哲学，必然是现得现卖现得利，不择手段、投机取巧甚至坑蒙拐骗都会成为时髦货。

抽掉了灵魂的感召、精神的伟力，那就失去了人的良知、血液的浓度、眸子的灵光、天地之正气。

不错，当李白在当涂登舟望月时、杜甫老病于湘江孤舟时，也许没有尝到"伟大"殊荣的滋味，但他们实则却在塑造一个伟大的灵魂。

是的，为他们修纪念馆、开纪念大会、发纪念邮票、出诗集，他们并无知觉，但后世人有知觉，后世人从中汲取无尽的营养，从中获得力量。真正伟大人物的躯体纵然泯灭百年千载，而灵魂之光依然照亮了千百万人的心扉，使我们这个地球才不致像那般枯寂的心灵一样幽暗。

可见，一味考究生前所为于己是否合算者，死后自然留不下任何知觉；不顾个人死后有无知觉，而生前的作为足以启迪人生者，其知觉却能贻于广大后人。

这不就是李白与杜甫之所以伟大与不朽的真正答案吗？

诗仙与济宁太白楼轶事

我在想，如果在中学生语文知识问答中有这样一个题目："李白的出生地、籍贯与主要居留地在哪里？"多数的答案有极大可能是这样几个地方：由郭沫若当年考证出的李白出生的中亚碎叶这个地方；传统说法中李白籍属的陇西成纪（今甘肃秦安）；当然更为人熟悉的是四川江油。因为李白离开四川出夔门就是从江油出发，这是无疑的。当然还有不少人都知道的是：李白曾在湖北安陆也住过一些年。然而，从这个安陆移居到另外一个地方，并在那里会见过杜甫，在那里安家久住，却较少有人知道。

这地方就是唐时的任城，曾是一个古国的所在地，也就是今日的山东济宁。李白移居于此，一是因为他的许多亲属当时在鲁西南一带为官，彼此有些照应；二是因为那时任城地区物阜民安、风光宜人，诗人为美好山川所吸引，故毅然选居此地。但不知为何，在一般的李白生命历程介绍中，任城这一重要节段竟较少披载。其实他自开元二十四年（736）至乾元二年（759），先后在济宁住了二十三年之久。他的儿子伯禽在这里出生，女儿平阳在此地长成，夫人许氏在这里去世，而在此地又迎娶了继室刘氏。如此种种，诗人与济宁应该说是结缘甚深的。

二十三年，占了诗人一生时光的三分之一还多一点，任城——今天济宁的名胜太白楼，就是一千二百多年前诗人的居宅原址（至于当时是租还是买的，恕难以考证）。他在这里生儿育女，漫游考察，留下了可资佐证的诗文："故万商往来，四海绵历……耒耜就役，农无游手之夫，杼轴和鸣，机罕嚬蛾之女……行者让于道路，任者并于轻重，扶老携幼，尊尊亲亲，千载百年，再复鲁道……"（《任城县令厅壁记》）离他当时的居宅不远，楼东运河边上有他的"浣笔池"，常有带着诗味的濯墨之水由此远逸。池边还有诗人手植的桑树和桃树，这也有诗人诗作为证的："楼东一株桃，枝叶拂青烟。此树我所种，别来向三年。"果树给一家人增添了许多欢趣。更为难得的是：树是诗人亲手栽植，足见这位唐代大诗人绝非四体不勤、桃李不分之辈。固然，当时此处的佳景没有录像，然而至今还留有诗人的手书真迹——碑石上镌刻的两个大字"壮观"，虽历经千年风霜，至今看上去仍不乏神采！

然而，诗人毕竟酷爱远游，南至天姥、匡庐，北达蓟州盘山，如风筝升高飘逸，但长线始终不断，远牵在儿女和夫人的思念里。

常言道："大丈夫四海为家。"又有人云："诗仙有酒便不问其他。"其实，所谓"仙"就是最潇洒最超脱之人；而"诗"却又是最人性化的升华。据今之太白楼周边的老居民告诉我，他们世居于此，祖辈的祖辈流传下来的情况是：当年李白不是总在外边不回来。即使在异乡外地，无论走到哪里，也时常北眺任城，看那楼窗灯下补衣人在穿针引线；天明又见女儿平阳和儿子伯禽在浣笔池的树下采食桑葚。也许他俩此刻在想、在问："爹爹手植的桑树都结果了，他为什么还不回来？还不回来？"人说有近亲血缘者往往能够相互感应——儿女是诗的心，父亲是心的诗。

这情景和感觉也许是出于笔者的想象，却也不全是。我非常重视流传于太白楼前、运河岸边老住户们中间的传说，宁可信其是，不愿信其非。作为大诗人的李白，早年在长安经历了那么多的洒脱与无奈，离开那"冠盖满京华"的都城后，辗转东下，他一方面钟情于云游，不离其诗酒，好像飘逸如仙，其实另一方面仍然是人，而且是一位真性情之人，他也不可能截然疏离儿女情长的普通人的生活，也有思念的惆怅乃至苦楚。只不过他又是一个绝对超常脱俗之人，不可能满足于一般小农"三亩地一头牛，老婆孩子热炕头"的日子，也不能总是蜗居于方里以至方寸的狭小之地。他热衷于名山大川，或步行或乘车船跋涉于大江南北，渴饮晨露以点亮灵感，夕见晚炊暂宿茅店酒至诗成。"仙"者，沉醉耳，逸兴耳，毕竟不可能永远地脱离"尘世"而独生，也不至于不食人间烟火而陷入麻醉。相反，在诗化的氛围中更通透了人生的本质，在夜静中更沉入那至纯而挚切的思念。在某种意义上说，比之于一般思维的人，他更懂得真爱、大爱与精滤过的近于天真的爱。

理由很简单：假若不如此，就成就不了真正的诗人，就淘滤不出超俗的大美之境。这既是虚，也是实的。较之一般人，相信他肯定是更会想、更会思念，其爱过切、过"疼"，这也才能达到如仙之境。否则假如有这样所谓的"仙"，完全不谙七情、不通人性，那么又与一团烟雾何异！

另外，我不能不提及李白在任城——济宁的诗歌活动，当时是以诗会友，如在今天也近乎于诗歌笔会。距今一千二百多年前，在任城西面不远的单父台，就是他和杜甫、高适一起登高赋诗的所在；而东面曲阜的石门山，还遗有李白与比他小十一岁的杜甫依依惜别的余绪。当时初秋风透凉意，可以想见两位先贤挥手隐去的情景，落日洇红了浮云，秋虫唧唧更显山谷幽深……

然而，尽管李白与杜甫的个人情谊如此深厚，在当时，杜甫却还没有如后来"李杜"并称的幸运。虽说李白之一生后来也有"发配夜郎"的厄运（中途遇赦而被召回），但总的说来，其诗名在当时已被上下阶层所称道、推崇；而杜甫的所谓"诗圣"头衔，则是后世所给予的。正是因为自北宋以降杜甫与李白的地位几乎不分轩轾地被高度承认，便令今人有了一种误认：以为杜甫在当世即十分"火"了。其实不然，有一个说来有点残酷的关节是：李隆基天宝年间，"口蜜腹剑"之奸相李林甫指使亲信编选唐诗，此举带有为诗人定位的性质，由于编选者迎合权势小人、贪图利欲，所选诗家殊为不公，故使当时即卓有成就的杜甫被完全排斥，无一诗选入。这种"权威性"选本影响所及，客观上造成了对杜诗的贬抑。后来杜甫虽为有心人注意到而逐渐进入唐代著名诗人行列，但仍未完全达到今天的"李杜"并列、"诗仙""诗圣"齐辉之地位，但毕竟已有了比较公正的转机。言至此，当这之前的公元七七〇年杜甫在湘江孤舟中因穷愁多病而黯然离世时，他能否预见到后来尚能有此际遇呢？

任城、济宁，还是任城、济宁，这里不仅是李白心境较为祥和的居留之地，也是杜甫应稍觉感慰之他乡。尽管当时他比太白年轻，名气也不如他，但李白并没有半点轻视，以绝对平等的态度对待他。足见诗仙的胸襟开阔，而且极有远见，知道这位子美君来日在诗坛的成就上未可限量。

而杜甫在任城，是与在洛阳一样同这位诗兄度过了宝贵的温馨时光，相互交流、切磋、唱和，任城的暖风拂去他心头的不少积郁，潺潺的泉流也赠予他些许清爽。所以说任城——今之济宁，在李杜的生命史和诗歌史上都是一个不能绕过的纪念地。然而，他们在当时，都还称不上是"绝对幸运儿"，也许这才是真正诗人的命运。

李商隐诗歌的"绵密"美学

"春蚕到死丝方尽，蜡炬成灰泪始干。"

这是李商隐（字义山）作品中最为人熟知的诗句，也是古今千百万读者最能触动心弦产生联想的名句。尽管出自他的一首《无题》诗作，自古至今一直被揣摩、被探究其所指，但一般人还是认定是写爱情双方因环境不遂而相互思念甚至煎熬的精构之作。其实，且不说李商隐的诗作不止此一首达到脍炙人口的精度，仅就此首诗而言，其佳句也不止此二句，例如颈联"晓镜但愁云鬓改，夜吟应觉月光寒"，亦为情景交融、细致深切的典范。

半个多世纪前我在大学中文系读书时，对李商隐的诗歌艺术就很欣赏，与我抱有同感的还有一些同学，但在当时的历史条件下，所有"伟大""杰出"的评语都加在李白、杜甫、白居易这些大诗人的头上，就连苏轼这样才华卓著的"全才"在总体肯定之余也还认为是"有局限性"的。至于李商隐，在当时的讲义和新编的文学史中，一般都认为其作品存在感伤情绪，在艺术表现上过分注重语言文字的营造而有欠洒脱舒放等等。类似的"缺点"被指出，应该说不无道理，但我并未因此而完全改变对李商隐诗歌艺术独有特色的珍重。而且，有一点是必须尊重的原则，即有的诗人和作家再伟大，其思想艺术风格再值得推崇，也不可要求所有的诗人与作家都丢弃自己的风格向某个山峰"一律看齐"。从幼时到现在，我对任何一个诗人（包括李商隐）都够不上进行过集中的专门研究，但对有的古典诗人和作家在心目中保持着特别的重视与相当程度的琢磨，李商隐无疑就是其中的一位。这中间，我还应邀参加过在诗人的家乡河南沁阳市举行的研讨会，会后发表过一篇《李义山诗作析》。当然，如前所述，我始终不是一个李商隐诗作的专门研究者，文章大抵是简要抒发感受而已。

但我相信，对这位接近晚唐诗人的理解是逐步深入的。

他的诗风离不开他生活的那个环境；换言之，他的生存处境脱不开那个具体时代对他的限定和挤压，他仅仅四十五岁的一生始终在封建统治者、官僚集团的相互倾轧与所谓党争的夹缝中忍受和挣扎；虽也担任过幕属一类的小官，却到底也得不到起码的伸展，仕途的不得志与情感上的压抑折磨着他，唯有诗心的蠕动、文字上不厌其烦的组合缓解了无尽的紧张，暂时冲淡了焦虑

李商隐诗歌的「绵密」美学

的浓度。他多半不是那种能忘掉钻心的苦痛而放声高歌者，也很难完全为自己松绑而成为一味追求醉态欢乐的逍遥家。无论是面对仕途处境，抑或是感情生活，此君无不用心太重。总是郁郁地喟叹"刘郎已恨蓬山远，更隔蓬山一万重""春心莫共花争发，一寸相思一寸灰"。低沉、灰色调尽显，尽管是古人之作，对现实中的人们也不会有任何的鼓舞作用。然而，这么认为还是有点以偏概全，少了些耐心的辩证分析。其实，如果通读现存的义山诗就会发现，虽然许多诗作在表现上是有些灰色调，但灰而不冷，甚至灰也不涩，有的作品也不乏热切和柔暖，读起来还是很舒服的，如《夜雨寄北》中的"何当共剪西窗烛，却话巴山夜雨时"、《二月二日》中"新滩莫悟游人意，更作风檐夜雨声"等。总之，他的低抑也罢，柔暖也罢，都不是无病呻吟，而是诗人在不同情况下的心境写照。

过去，人们对李商隐某些比较悲观消沉格调的诗作进行评论时，多是紧扣他个人的境遇，归之于一己内心的苦闷。这应该是不够全面的，实际上，这位诗人的社会触角是非常敏锐的，有一种预感时代风雨的潜能，一个最简单的情况往往被许多人忽略了，别忘记，他辞世时距离那个赫赫的唐朝覆亡才只剩下四十九年（距黄巢起义军杀入长安才二十三年）。最典型的感应是他的五言绝句《乐游原》："向晚意不适，驱车登古原。夕阳无限好，只是近黄昏。"以往人们只是偏重以日暮黄昏之情景喻个人命运与时势的衰落。其实，不仅是抽象的命运，而且具体到唐朝的寿命离终结已将不远了。莫要低估这位平日似乎多沉心于个人命运和感情生活、追求艺术素质的诗人，人家毕竟也做过节度使府书记、检校工部郎中等官职，对高官尤其是藩镇之间的争斗和巨大消耗有着深切的体会，对唐王朝这棵"大树"掏空到了何种地步也几近心知肚明，纵然自身的躯壳或将不续，但赖以生存的"大树"同样也将枯死。从某种意义上说，都处于黄昏日落之时，无以挽回。

我还记得在几十年前那个时代，包括一些"专家"对义山诗的负面评价还认为：不适当地用典与过分修饰词语，使诗作变得晦涩，使人不易看明白。表面上看，这好像是义山诗的一个缺点，却未深究他为什么要这样。是一种癖好吗？其实未必如此。如前所述，他毕生志未得伸、心未得舒，在幽狭的夹缝中有时不得不小心翼翼，却又爱诗如命，不仅能借此品之如饴，且可多少散发胸中某种积郁。故而，无奈只能用典，权作精神之替代品，借彼喻此，以便减少麻烦，不得已之用心痛切可见。至于"过分修饰辞藻"之说，也要做具体分析。不错，确实下功夫修饰了，过分了吗？与别的哪位诗人比？其实在文学创作中，不同风格的作家和诗人有时是不大好比的，此作家之长恰为彼作家之短，此作家之短又恰为彼作家之长，就看这最突出、最鲜明的风格应做何客观公正之评价了，万不宜以某一名家甚至大家作为"万能尺子"进行绝对的衡量，更不宜以审评者的个人爱好而扬此抑彼。以今天的眼光加以审视，写古体诗词酷爱用典肯定不应提倡，但精于修饰词语却应具体情况做具体分析。具体到诗人李商隐，他的诗歌艺术非止一二点可取，而其中结构与词语匀称绵密不仅是一种风格，而且可上升为诗歌美学或艺术体系亦不为过。

“绵密”一词的出处，可以上溯到南北朝至唐宋的中古时代。大至精心思考之细致周密——所谓“用意绵密”，小至文学艺术（包括书法）方面的柔和与紧密——所谓“下笔绵密娉婷”。总之，都是与粗疏、松散、欠精美相对立的状态和资质。而李商隐诗歌艺术的绵密是表现在多方面的，下文详述之。

他精于构思，注重整体感，各部“构件”如卯榫紧密组接交错依存，相互牵动而严丝合缝，明朗、朦胧，彼此谐调而又别具美感。最经典的例证还是千百年来为人传颂的名句“春蚕到死丝方尽，蜡炬成灰泪始干”，词语的精选妙用达到极致，用心却无琢痕，严谨不失谐调。显然既是灵感所致，又是斟酌之功。

对仗一丝不苟。律诗中之颔联和颈联常能结合，联成一体。如另一首《无题》：“扇裁月魄羞难掩，车走雷声语未通。曾是寂寥金烬暗，断无消息石榴红。”这首诗本是写路遇良人后的忆念过程，却依然格律紧密，因而显得质地很厚，不因是叙述过程而减了文字的密度。当然不可否认，诗人既想剖露心迹，又想有几分遮掩，以致读者在品其意时不能不说有点费解。尽管如前所言，我们应有几分可以理喻体谅，但也大可不必为一千二百年前的尊者讳。

诗人的绵密还表现于善在对立和矛盾中强化语言文字的张力，如"夕阳无限好，只是近黄昏"。"无限好"的结果竟是"近黄昏"。"如何四纪为天子，不及卢家有莫愁。"一个当了近四十五年皇帝的李隆基，竟保不住自己的宠妃杨玉环，在这点上，还不如一户卢姓的平民人家能保住莫愁女。在反差对应中增大了思想和文字的深度与密度，远远胜过平铺直叙的效果。

所谓"绵密"，当然离不开作者在语言文字上所下的功夫。人言"语不惊人死不休"，义山先生的性格，未必是追究表面的"惊人"，而是务求经得起当世以至后世的品位：一是要达到非俗之境，二是要久久还能品出深意。"来是空言去绝踪，月斜楼上五更钟。""来"与"去"、"空言"与"绝踪"、"月斜楼上"与"五更钟"，无不是有声有形、有形有声。同是平常字，但这位诗人显然不甘心字意稀薄，而追求精度、厚度与密度，让人慢慢地耐心地品，而不是一时的惊人效果，"此情可待成追忆，只是当时已惘然"。读者尽可根据本身的经历和感受去品咂个中的滋味。

我之所以单挑李商隐诗意艺术中的"绵密"美学，还有一个重要动因，这就是它的现实意义。近些年来，文学创作领域的浮躁情绪，懒于下真功夫，"凑合""将就"，以粗鄙为潇洒，以口水诗为艺术的真实，加大了诗歌创作中的乱象。这方面义山先生不论在任何情况下，都在诗歌创作中坚持肯下功夫的求精精神，从不放松自己的艺术追求。"蓬山此去无多路，青鸟殷勤为探看。"探看什么？不仅是爱，也是好诗，在这方面，永不会"近黄昏"。

（本文作于 2006 年）

岳阳楼与《岳阳楼记》

　　《岳阳楼记》，大约是我读的古代散文的第一篇。

　　由于这篇文章，岳阳楼先已在我脑子里矗立了三十年；那烟波浩渺的洞庭湖水，也早已把我的胸廓涨满；之间，好像还浮动着一座盛产名茶的君山。

　　四年前我去葛洲坝，归途在武汉换车，心里怦然一动，掉转方向南下岳阳，登上了梦萦魂牵的岳阳楼，品味着范公仲淹的余韵，追慕着先贤的才情和品格，反而无暇评价楼的本身究竟如何了。

　　固然是，名楼为佳篇生情；佳篇为名楼增色。可在我看来，楼本无异处，而文章崛奇；楼可迭毁迭修，而奇文既出则独具无匹。自北宋以来，岳阳楼不止一次重建，而《岳阳楼记》却难易一字，在某种意义上说，有《岳阳楼记》在就有岳阳楼，不见有形还可见无形——千百年来已镌刻在人们心中。

有趣的是，据说范老先生并没有真的登过岳阳楼，却斗胆应命，从容挥笔。难道写得不像吗？

像得很！

不唯形似，神更似；客体固似，主体更似。

千年以来，登岳阳楼的名流雅士、骚人墨客何止千百，见范文正公名篇在上因而辍笔者有之，逞己才吟诵成篇者亦有之，然对照范文《岳阳楼记》，恐怕多有逊色吧。

何也？难道来了的反比不来者气亏，不来的反比来了的高明？

窃以为：《岳阳楼记》的灼灼光华，固然可见文格之美，更可见其人格之高，除了才情和功力外，更在于为文者明志而情真。如果范文正公没有矢志报效国家、为民分忧解困的耿耿襟怀，如何能够写出这样的千古名篇？

他也许没有到过洞庭湖畔的这座岳阳楼，但他肯定登临过类似的楼阁、观览过类似的湖泊，不然没有鲜明突出的形象，深刻的思想又如何表现？

与其说他是写游记，还不如说是在寻找一个合适的喷薄情思的突破口。

他找到了，而且喷得妙！

我绝不是在提倡为文者闭门造车，更不想被误解为鄙薄"深入生活"；我只是由《岳阳楼记》联想到当前游记散文的某种弊端，因此研究这样有思想、有内容、境界高远、形象鲜明的名篇的本质所在是有益的，如此便可明了某些游记写得虽很全面很琐细，却有如无骨之肉、无波之水、无睛之目的根本原因。

　　一篇千百字的美文，竟使一座建筑物千古增辉，文学作品的作用究竟如何，为文者自己虽不便自夸，但也不必过于低估吧。

　　关键是得真好，而不是假好。

从长处看柳永词

我在二十世纪五十年代后期读大学时听讲宋词，柳永词也听了，而且讲得好像还不少。不过主要是批判其格调不健康，而且还有些颓废，充满男女之事不说，竟弄到勾栏妓院中来，不惜在这些不干净的地方填词。至于柳词在艺术上有哪些长处、哪些较好的地方，基本上都未涉及。

当然在这当中，我和同学们也读了一些柳永词，觉得有的还是不错的，并不全属上述那种情况。但毕竟当时的潮流如此，批判的力量是强劲的，不可能不影响到柳永作品在我们心目中的总体评价；最主要的是大大降低了阅读柳永作品的热情。

直到一二十年以前，有一次我去武夷山参加一个散文研讨会，正赶上武夷山市举办柳永及其作品的纪念展，规模相当盛大，气氛非常隆重。在这之前，我只知

我与今古文艺家笔墨神交

柳永是福建崇安人，老印象中崇安离武夷山景区尚有一段距离，但现在人家认定柳永就是武夷山人，后来方悟到崇安已融入武夷山，或者所谓武夷山市就是原来崇安县城所在地。总之举办方以他们武夷山出了一位著名词人柳永而引以为荣，不仅高度肯定柳永的文学成就，还以当时的习惯用语说：柳永在北宋当时受到了明显的不公正待遇，由于受排挤和冷遇使他不得不离开京都汴梁而漂流各地，所谓烟花柳巷聊以填词，既是生活所迫不得不如此，也是精神上受到压抑而以此慰藉乃至些须麻醉。其实从内心而言，柳永并非一个无作为之人，他的诗词中都反映出他很关心底层民众的疾苦，是一位非常有同情心的作家。

从一二十年前那次纪念展之后，我比较关注柳永生前境遇的种种，特别是他在宋词方面的独特贡献。至于在曾经年代中对柳永思想和创作中某种缺陷的指摘也不必统统予以护短。甭说是生长于封建时代的一位文人，即令是近现代的某位名家，在肯定其成就的同时恐怕也不能说他就是一个完美无缺的"泰斗""大师"之类吧？更何况柳永当时确实是受到了压制与贬斥。由于他在功名方面颇不顺遂，曾发泄过不满情绪："忍把浮名，换了浅斟低唱。"惹恼了当朝的宋仁宗赵祯，一次发榜时，看到柳三变的名字，当即一笔勾掉，说什么："且去浅斟低唱，何要浮名？"直到公元一〇三四年，他改掉了令皇帝不快的名字，才勉强中了进士，但也只做得一个"屯田员外郎"的小官。此后在人生际遇上仍很局促，晚景穷愁潦倒，病逝后竟至无资埋葬，还是伶工歌妓相助，才得以入土为安。

在某种意义上，柳永遭挤压而沉居下层，这是他的不幸；但从另一方面看，又使他得益于接近下层群体的生存状况、生命困境，相互成为朋友，便有助于在创作中开拓新的领域，丰富艺术营养。他与晏殊大致是同时代人，但境遇不同、身份不同，晏殊所接触的基本上是上层社会，作品也多是词中小令，有闲人的安逸生活情趣。虽然也有名句出现，如"无可奈何花落去，似曾相识燕归来"，但终归也是既定格调——"小园香径独徘徊"题材天地终难开阔。而柳永则无法安逸，他只能涉步于行旅，颠簸于舟车，困顿于乡村夜店，被款留于市肆瓦舍。词为人生，亦为生计，词为记录，亦为抒发，履迹所至，必有词踪，所以当时人语："凡有井水饮处，即能歌柳词。"

如此的影响面，按今天的说法，就是"太火啦！"然而，遗憾的是，柳词流传之广并未改变他在主流社会的地位，"屯田员外郎"的"公职人员"身份也未使上层贵族对其的冷遇与鄙薄有所缓转。近世西方对命运的解释是"性格即命运"。如按此说，对柳永来说倒有几分贴近。据有限的材料印证：柳永纵然够不上出格的执拗，却也绝对不是什么溜舔的高手；再加上"作风"方面差强自律，那么在北宋权势方设定的体面空间里恐怕很难找到柳郎的席位。只有无情的命运才能判定他能待的地方，甚至包括他能通过与不能通过的路径，也许有时可以徐行漫步，却不可横冲直撞。

表面看来这是很受限制的，但在这边限制了，在那边却又自由了。譬如：在京城汴河州桥这边限制了，在远离京城某一处"自由码头"又登上兰舟，在长途的辗转中，真实之体验与词之灵感自然融合，慢词长调应运而生，流传千载，脍炙人口的《雨霖铃》作为长调中之经典之作洵无愧色，在写景中叙述，在叙述中言情，真正达到了如后世王国维所谓的"一切景语皆情语，一切情语皆景语"的妙境，而且还要附加一句："一切叙事皆境语。"这是意境之境。柳永的非常之处是：其叙事之笔能够做到完全不平、不涩、不繁、不烦，均能达到自然、圆润、多情而精美。"多情自古伤离别，更那堪，冷落清秋节。今宵酒醒何处？杨柳岸，晓风残月。"（《雨霖铃》）"烟柳画桥，风帘翠幕，参差十万人家。云树绕堤沙，怒涛卷霜雪，天堑无涯。市列珠玑，户盈罗绮，竞豪奢。"（《望海潮》）你说是叙事，是写景，是抒情，都是，但柳永通常就是在叙事中所有的效果都出来了。我在想：今天的小说家、散文家，如能将叙事的笔墨再加历练，从柳词中得到应有的启示，他们的叙事文字将不致与他类文字剥离，也会变得更加好读，更加有表现力，多好。

自古至今，对真正的作家而言都贵在创造、创新，而获得公认的成功乃至被继承。如上所述，柳永在一种特殊的境遇中，也许是由"逼"而探索，而创新，而成功。他在传统的词体上有所发展，在词境上有所扩大，在词的阅读对象（受众）上有所扩展，多方面丰富提高了词的表现技艺。总而言之，其对宋词发展的贡献是相当突出的。

过去某个时期，对柳词的着眼点确有偏颇、不全面之处。如多着眼于他词中的男欢女爱，似乎只委身于小得不能再小的世界，而被忽略的恰恰是柳永将词的世界从宫庭玉阶和秋千架下的纤巧小令中强力挣脱，使之有了大气魄，大境界！"东南形胜，三吴都会，钱塘自古繁华"，这是谁大开大合喷薄而出的？——柳永。"念去去，千里烟波，暮霭沉沉楚天阔"，这又是谁推出的大境界？——柳永。比之于同是宋词名家晏殊的"阳和二月芳菲遍，暖景溶溶"、秦观的"山抹微云，天连衰草"的类似格调，柳永确是能够写出他们达不到的境界。另外，在长于批判的年代，对柳永的某些词作只注意到杂有颓废的情感，无向上之生气，有接近病态之萎相。可是，当我们读了他另一种格调的词作，如《河传》："采多渐觉轻船满。呼归伴。急桨烟村远。隐隐棹歌，渐被蒹葭遮断。曲终人不见。"又是何等生动活泼，一派热爱生活的人生动感画卷，连水珠都是向上迸溅的。再者，对其有些写男女情事的词作，如一律视为生理本能之享受也不免缺乏分解。如："衣带渐宽终不悔，为伊消得人憔悴"；写女方"万里丹霄，何妨携手同归去。永弃却、烟花伴侣。免教人见妾，朝云暮雨"，男女双方均有用情真诚深挚的一面，而非一味狎邪之欢愉。尽管如此，仍属柳词晦弱之一面。也正因如此，柳永还是柳永，这样看则更为全面。

最后，我还不能不说说最近在细品柳词时的一个新感觉、新发现。即愈是典型反映了柳永创新成果的长调佳作，就愈是距离我们今天的品读品味更近。这说明，创新意识本身，不仅利于更本质地认识现实，而且还会凿通神往未来的气息渠道。创新既非同于一般的反映，又是一种促进人世间相互融会相互亲近的独特智慧。我总觉得较传统词人词作（包括有的大家）那种更为传统的表现方式，柳永的长调慢词品读起来更接近现在，方方面面都觉得更亲近，更易于理解；而后者使人觉得更为遥远，比前者更像"古人"。如此说来，柳永是否称得上是一位较有现代感的作家？难道这位当时颇不被待见的"柳三变"不自觉地又完成了新的一"变"吗？

言及此，我顿悟：我们今天享受到古代文学家的创新成果，尤其是以当时、当地其本人感受到的精神伤痛换来的一切，在当时其实都包含着他们的不幸；而我们今天品读到的文学佳酿，也许都是由当日他们付出的难耐的代价转换而成的。我们实在是有必要感念这一切。其中无疑也包括本文主要述说的柳永——"柳屯田"。

（本文作于 21 世纪初）

半山才子气

——谒临川王安石纪念馆

说来也巧，大半日里都天气晴好，午饭后一说去王安石纪念馆，天云就仿佛闻声而至，没有闪电，当然也就没有雷声，只有那不紧不慢的雨丝抽了下来。我深知，这种雨一下起来就轻易不会停的，但也好，去参谒荆公也许有细雨陪衬会更富情味。

临川城不愧为文化风习极浓的所在，一进王安石纪念馆的大门，这浓郁的文化氛围一下子就把我簇拥起来。这氛围有形也无形，有形的是院中的花木、优雅的回廊、古朴的轩窗，甚至连铺路的小鹅卵石也呈现出不同凡俗的韵致。那无形的更多更丰富，但只能凭感觉：混合着多种植被气息的味道是任何人工合成的佳品所不能比拟的。还有这细雨中的静谧，在静谧中又深藏着某种气贯古今的凝重。

我与今古文艺家笔墨神交

这里是清新中的清新，古雅中的古雅。

尽管我对王荆公的生卒年代、仕途沉浮、诗文成就早已相当熟悉，但仍然心甘情愿以至十分虔诚地聆听讲解员带南方口音普通话的解说。我敢说，我从未像这次这样没有走神儿，更没有擅离一个听讲者的位置。怪吗？我自觉理所当然。

固然是因为，我造访的这位八百多年前的先哲是列宁所称誉的"中国十一世纪的改革家"。熙宁新法是中国宋代政治生活中的一件大事，作为其首倡者和推进者，王安石的成败臧否，不是几句话就能做出全面评价的。我所最景仰最推崇的，倒是他官高位显直至参知政事和宰相，仍不断有上乘诗文问世，而且形成了不可误认的鲜明艺术风格。这一点我觉得是更为难得的。他并非在政事余暇偶然附庸风雅，而是苦心孤诣，卓然成家。仅以诗、词、文中少数脍炙人口的代表作而言，完全无愧于位列中古大文学家之林。

故而我认为，此公无论是在政治生活还是文学生涯上，都是一位十分执着并且取法乎上的事业型人物。

然而，如果说他在政治生活上还称不起是一个完全的成功者，那么在"业余"的文学追求中，他倒真是"不畏浮云遮望眼，自缘身在最高层"的非凡人物。

我现在想：作为我国中古时期政治家的王安石固然有很高的知名度，但如果他仅是一个"空头政治家"，而在文学上一无建树或者只是个"半瓶醋"，那么他的知名度尤其是隽永性将大打折扣。而且我还认为：正是

半山才子气

因为他在文学上表现出的不循陈俗卓然峭拔的思想和在艺术上的探求精神，对后世产生了巨大影响，才使人们不那么苛求他在变法中的成败短长，甚至给了不少的宽容，真正体现了不以小疵掩大德的态度。

听完讲解，走出展室，雨势仍未稍减，但爽而不黏，我们心照不宣，任雨水浸淋，依次在荆公石雕像前留影。在照相的时刻，不知怎么，我脑海里掠过荆公诗中的意象：京口、瓜州、春风、明月，凝眸江南，渴望回归……

但我知道，荆公年少时随父离乡，而株洲，而汴京，而鄞县，而金陵……他诗中所谓的回归，虽未必是故乡，可他也不会忘记养育他的临川山水的。明月朗照诗篇，从古至今，从古瓜州渡口到今日金陵秦淮。临川新街，时间已过去九百余年，但荆公迄未回归，家乡父老后代切盼情殷，历岁久而愈发。

我站立临川高处，眺望四围，近城无山，但稍远即有青山迤逦，我联想到王安石号半山，又想到临川至今文风习习，莘莘学子不逊先贤，于是便有五言之句顿然成形："半山才子气，满城读书声。"荆公如有知，足可慰矣，何须思丝化雨，不绝如缕？

（本文作于 20 世纪 90 年代）

《念奴娇》玉成文赤壁

有人说，东坡一杯酒，浇出个黄州赤壁。此话听来似乎有点夸张，但其源有据，言之成理。

宋神宗元丰二年（1079），苏轼因所谓"乌台诗案"获罪，入狱被释后被贬为黄州团练副使。闲来无事，心中愤郁，至江边赤鼻矶，见大江浩荡，不觉词兴陡起，乃吟成《念奴娇·赤壁怀古》。此词成为千古绝唱，亦为宋词豪放派代表作之一："大江东去，浪淘尽，千古风流人物……"至今它仍为舞台上朗诵名家首选词目，可见它的艺术生命力是如何长久！

唯一可以挑剔苏子的一点是：他误将黄州赤鼻矶当成当日曹操和孙权（还有刘备）决战之地的赤壁（目前公认的赤壁鏖兵之地在同是湖北的蒲圻），因此他足足在这里感慨了一番。不过，也算歪打正着，如果不是东坡先生的这一误认，哪里还有《念奴娇》这首千古绝唱？哪里还有他的"一尊还酹江月"？又哪里能浇出个黄州赤壁？

进而言之，如果不是几乎断送一代奇才的"乌台诗案"，东坡也许压根儿来不了黄州；而此祸酿成的这杯苦酒，洒在长江之中，却溅起千年碧波。至今我站在赤鼻矶，仿佛还能看见近千年前的大诗人临风吟咏的姿影：幻觉中，那挥师南下、不可一世的曹阿瞒，并不计较"樯橹灰飞烟灭"，信手捻须露出爱才之意；而盛气自负、儒雅风流的周公瑾，也颇为赞赏苏词中"小乔初嫁了""雄姿英发"对他的描写。他们一同涌出江心向晚于他们八百多年的诗人作揖，为了激赏后者的才华而甘愿以假当真。

如果说上述是出于笔者想象的话，那么近千年来多少士子和平民百姓宁可不谈赤壁鏖兵旧事，却争诵东坡的"大江东去"；尽管有的明公指出东坡赤壁非"真赤壁"，但古今黄州道上的瞻仰者和旅游人仍络绎不绝。就这样，人们心目中不由得逐渐形成两个并立的赤壁：武赤壁与文赤壁，而且在相当长的时间内，这个黄州文赤壁的游人恐怕并不会少于那个武赤壁哩。

这种非同寻常的名人效应，肯定是东坡生前始料不及的。

当然，如此强烈而持久、因一个人影响了一个地方名声的巨大效应，只有是货真价实、经得起时间验证的名人才会形成；否则，至少是不能持久的。从来是，伪名人热衷当时势利，真名人更重身后口碑；伪名人倾心于众人如何待我、捧我，真名人、重志节的名人却不能不考虑众人如何看我。他们不可能如某些后世的"潇洒派"所标榜的那样：自己想怎么做就怎么做，不以别人（大家）怎么看我而活着。因为凡是真名人肯定明白：他不可能脱离众人而完全孤立地存在（尽管那时他还不可能上升为"群众观点"）；即使他处境艰厄时也不可能变得毫无社会责任感。这就是为什么苏轼在若干年后被贬至海南儋州，与当地民众相处得那么融洽，而且至今还流传着许多与东坡有关联的佳话。举其要者，便有东坡为以卖环饼为生的老妇人作广告诗，东坡在当地推广"普通话"（宋时官话），东坡介绍为民治病的"东坡黑豆"，东坡用竹片编织而后流传开来的"东坡竹帽"，以及东坡所凿的"东坡井"，等等。

在黄州，东道主让我们尝一种酥脆甜香的炸米糕，然后说这也是东坡在黄州供职时首创而普及于民间的小吃，我没有进一步查考这一说法的依据，但数百年来人们宁可信其是而不信其非，便使这种小吃更加美味无穷了。

多少年来，有关赤壁之战的确切地点，不仅有东坡黄州之误认，也曾有武昌和嘉鱼之说，但今已确定为蒲圻。历史家的严谨和精确考据为此做出了出色的贡献。但对普通人来说，正如他们爱演义小说一样，也最喜欢演绎名人故事。在这点上，黄州很幸运，在这里产生了苏词的《念奴娇》，从而造成了地为词兴、词为地注的效应。地非真赤壁，词却是真金玉。一曲《念奴娇》玉成了一个文赤壁，不亦为千古美谈。

海南东坡遗迹面面观

北宋大文豪苏东坡也是被贬到海南岛的历史名人之一。他在此岛西北部的儋县（今儋州市）住了三年之久，可以说他的晚年活动与海南岛是密不可分的。

在中国历史上众多的杰出文学家中，苏轼是我最推崇者之一；而在被贬到海南岛的诸先贤中，当然也是以此公最为著名。

故而儋县一带流传有关东坡的佳话最多，遗迹也举不胜数，凡是那里最美好的故事，差不多都闪耀着东坡的辉光。

东坡书院是苏东坡在儋州耕耘、讲学和结交平民百姓的旧址，其中包括载酒亭、载酒堂和奥堂龛等。最引人注目的是《东坡笠屐图》和《载酒堂诗》石刻。

桄榔庵，是东坡父子谪居儋州时的旧居。其由来是当日东坡初来海南时，本住官房，后来钦差到此察访，即将东坡父子逐出，遂露宿旷野，众黎民百姓同情他的遭遇，便就地取材，用桄榔叶为他们父子搭了一间居室，东坡便取名为"桄榔庵"。

至于佳话趣闻，举其要者，便有东坡为卖环饼为生的老妇人作广告诗，东坡在当地推广"普通话"（宋时官话），东坡介绍为民治病的"东坡黑豆"，东坡用竹片编织而后流传开来的"东坡竹帽"，以及东坡所凿的"东坡井"等。

诚然，苏东坡在短短的几年中，在这里倡导学风、传播中原文化、培养黎汉弟子，为当地人民做了不少好事，为开发海南岛做出了不可磨灭的历史性贡献，世代人民感念他是十分自然的。但同时在流传中肯定也掺进了人民群众美好的创造成分，这在传说故事中是屡见不鲜、完全可以理解的。

对于名人与自己所在的那个地方有某种联系的自豪感和荣誉感，中国有，外国亦如是。即以苏东坡而言，他当年去山东登州就任仅五日，如今蓬莱阁上就设有东坡纪念室。外国也有这样的事例：在两国边界上，为争执一位杰出诗人的真正出生地而多年相持不下，终无结果。这种做法固然不值得称道，但也说明人们对于"拥有"一个名人达到多么执着的地步！

不无遗憾的是，对于历史上志士先贤和杰出人物遗迹的珍视、佳话的流传，往往是在他们谢世以后甚至几代之后，这时其价值始能渐显、辉光日现。此中原因自然也是不难理解的：或因生前受到多方面因素所制约，或因得出一个比较准确而公允的评价需要一定过程，等等。

好在不论时间长短，总还是被认识了，而不是永远被冷落被埋没，这一点还是令后人感到安慰的。

世纪坛中李清照

公元一一二六年金兵南侵，凶耗传来，一惊非小，珠帘再也卷不动西风，女主人再也无心观赏绿肥红瘦，收起未填完的半阕新词和最珍爱舍不得遗弃的善本书籍，匆匆告别了家乡。一路骡车颠簸，蹄声嘚嘚，梦中疑是平仄，所经之处都是永别。千载诅咒的离乱，才女何罪！

此时在中华大地，野蛮穷追着文明，撕扯着《金石录》佳句，粗粝的马鞭抽打着飘零的唐诗宋词，带血的毡靴强暴着漱玉泉……

愈是牵挂不安，就愈是不忍回眸，一切都成为过往，还是要面对残酷的现实：明诚夫君忧疲交瘁、病体难支，已气若游丝，注定已无力同行终生。此际，只有一双王谢堂前偶燕送别难得的天作之合，从此旷世才女只能是孑然一身，梁上巢泥与潸然泪水并落。

我与今古文艺家笔墨神交

此地亦不能久待，金陵也危在旦夕，金兵悍然过江，东陷明州（宁波），南逼虔州（赣州），追赶南宋皇帝赵构于海中。乱世如此，孤女何为？只有奋力挣扎，让命运与富春江水一起逆流而上！

生命之后期长居于浙西金华、兰溪一带，虽非绝对安定，但已无北归之可能，所遗词作中，有缅怀少年时随父亲在北宋都城东京汴梁惬意生活情景的，想必也不会不回忆作为少妇在青州、济南时光的优裕与闲适，但每一点回忆都会添加一分苦涩，短暂的温馨感无异于饮鸩止渴，其味可想而知。最后，只有女词家的蓬发与江流夕晖对映，无涯的愁思弥漫着残笺；如果说还有什么，那就是细雨孤桐和她相伴……

不，不尽如此。其实就在这位齐鲁才女的残年，仍有一股"生当作人杰，死亦为鬼雄"的千秋耿气，支撑着余生肢骨。自她常爱登临的金华八咏楼起步，历经八百余年，终于登上了二十一世纪伊始的北京中华世纪坛（中华世纪坛有中华民族杰出人物塑像，李清照位列其中）。

襄阳纪胜（二题）

米公祠

襄阳有武更有文。武则气吞星云，文则千古遗韵。

一支长不盈尺的毫管犹如赫赫战功的名将之利剑，同样使人玩味不已。

米芾，北宋时代的一名官员，但他称名于世并不是由于他的官职，何况他的官阶并不高，更非那种春风得意者。因为他生性狷直，连皇帝老儿也叫他"米颠"。又因他长期生活于襄阳，后世人亦称为"米襄阳"。

但就是这个"米颠"，自太原，而襄阳，而庐山，而太湖，一路挥洒开去；自砚池，而缸钵，而大江大湖，手笔自胸臆而来；能楷书，善行书，亦不厌狂草，终成当时一大家，历经千载仍未黯然失色。真货毕竟是真货，妙笔岂可庸充，高格总是高格，妙境必得有识者心领神会。

"颠"者非癫也，乃思有别裁，才情纵横，思路、文路、笔路不拘一格之谓也。

仲宣楼

王粲，字仲宣，汉末"建安七子"之一。居襄阳时，作《登楼赋》，传为绝唱。当今诗人作家称为代表作，确有因一篇作品而享誉终生甚至成为作者之代名，竟使人忘记了他的其他作品。

仲宣时当青年，登楼四望，情声并发：北视汉水一脉，战尘暂阻；西望群山朦胧，似有隐龙避居；遥思正南，江畔荆夷模样；东向沃野，细雨竹笠暗香。凡名品出手，皆大思大情之久凝，一朝喷发之产物。登楼，或仅一瞬间，然厚积之层，何止千日之功！

王粲当日所登之楼，早已不存；今襄阳市又重建此楼，在城西南角，又增一重要景点。改革开放，经济大兴，襄阳利用自身优势，融古城新城为一体，以吸引游人、提高知名度，使古襄阳再振风流之翼，腾飞于江汉，美哉善哉！

沈园小记

千古绝唱一词哀，
沈园不复寻落钗；
谁言壮夫不缱绻？
柔情恰偕豪声来。

这四句是一九九〇年（庚午）深秋去绍兴沈园参观时，我写在会客留言簿上的。陆游与沈园有非同寻常的关系，凡有起码的文学史知识或对陆游生平有所了解以至看过话剧《钗头凤》的人，大约都会有所了解。

沈园原为宋时绍兴名园，公元一一五一年春天，陆游到沈园游玩，偶遇前妻唐琬。他们是难违母命而被迫离散的恩爱伴侣，此番相见当然十分难过。感伤之余，陆游在墙上写了《钗头凤》词。四十四年后，陆游已是七十五岁高龄的老者，复来沈园，念怀旧事，写下了"伤心桥下春波绿，曾是惊鸿照影来"这样深挚婉切的《沈园二首》。

自古会稽山阴多雄杰才俊，可说是举不胜举。近年来，当地政府集资拨款，修葺名园胜迹，兴复文化景观。沈园即是其中引人注目的一处。根据史料和传说，今之沈园亦即宋时故址。但当日面积更大，景点尚雅。多年失修，渐见荒芜，后世几易园主，园亦不园。近年来政府不惜重资，购下这片场地，据说还远远不及当日沈园原有面积，但毕竟使人们今日能重踏故地，想象当日诸般情景。

在园中靠南墙方位、不甚规则的巨型碑石上，镌刻着陆游《钗头凤》词，笔力舒放，似有急就意态。时已傍晚，天笼薄霾，我仿佛看见一青巾书生背影，挥笔疾书。书罢，忽转身，轻抖衣袖，移步向"伤心桥"畔走去……那里，正有一宋装纤弱少妇，掩面过桥，止步回眸，似与那书生伤别。蹙眉间，隐有泪痕……此时暮霭初降，我趋步桥边，别无人影，唯有金鲤数尾，时聚时散，扰动水草摇曳，水波远逸……

当地的陪同朋友这时才介绍：沈园的修复工作还在草创阶段，许多景点还不齐备，亭台也未及精细加工。"两年后你再来，又是一番面貌。"可我觉得目下已是恰好，何必完全恢复当日面貌？再说当日面貌究竟是如何，并无照片、图纸可依循，又怎能仿得肖似？不如就这样——更见时过境迁、风雨斑驳的真实，也免得雕梁画栋过于精细，反消了放翁遗韵、诗的真诚。

展室有陆游生平介绍。一位毕生渴望北伐收复失地、摆脱奸人迫害毅然投军的伟大爱国者的形象光耀四壁。在沈园观看陆游一生的业绩，使人深切感到：唯有大襟抱者最富深情；纯情者在各方面的美好追求均应是统一的。

当然，陆游当年参与北伐、川陕抗战等活动最终还是壮志未酬，但他那虽百折而不移的坚定信念、虽病卧孤村而不忘报国的热忱，比当时的实绩更具精神价值。"此身合是诗人未？细雨骑驴入剑门"的潇洒气度，"夜阑卧听风吹雨，铁马冰河入梦来"的豪迈境界，虽然时隔八百余年，对我们建设社会主义的今人而言，坚定对未来的必胜信念，不因风云谲变而游移动摇，不也是一种有益的启示与借鉴吗？

从沈园出来，经过一条狭长的胡同，我不由得低头寻找，下意识地辨认哪儿是陆游的足迹，这当然是不可能的，但这里肯定走过一个热忱的爱国者，一个为人类美好事业执着追求、始终不渝的正直的诗人，一个伟大胸怀和丰富人生的化身，一个既是铁马秋风满身征尘的亲历者，又是深巷细雨泫然凭吊的多情人，一个至今仍时常被传颂的活生生的人！

（本文作于 1991 年）

且谈陆游的生命观

这里所说的"生命观"，尚不完全等同于我们常说的"人生观"。我们常说的"人生观"更广义些，而且其中还包含着更多的思想、追求以及人生价值取向等问题。而我所指的"生命观"，是侧重于对生命的认识，基本上属于生命科学的范畴，当然，它与一个人的人生观也有一定的关系。也就是说，是科学的、本体的，但同时，也有当事人对生命的认识以及如何支配自己的生命等因素。不过，我还是想就生命本身谈生命，不想扩及得太宽。

南宋陆游在他的作品（主要是诗作）中，有一些直接或间接反映他对人的生命的认识和态度。最典型的，如他写的最后一首诗《示儿》所云："死去元知万事空，但悲不见九州同。王师北定中原日，家祭无忘告乃翁。"这里最重要的一点是"元知万事空"，说明陆游在公元十二与十三世纪之交的时段，即已明澈人死后不会再有意识，包括记忆和感觉之类，"万事空"嘛。八百多年前的他具有如此科学的认识，而且坦然面对，这是很不简单的。但人们可能又要说，既然已经"万事空"，那为什么"王师"北伐成功收复失地之后，还要谆谆嘱告自己的儿子"家祭"时"一定要告诉我"？这不是相互矛盾吗？其实不然。因为，尽管在理性认识上是"万事空"，但在情感上仍然至死不忘收复中原失地，这是作为伟大的爱国诗人一生最大的希冀。对他而言，是胜过一切的人生理想，故而他在临终前亦因看不到这一天为憾。那怎么办，也只有遗嘱于子辈：如果有那么一天，可一定要告诉我这个好消息！其实，诗人何尝不知道这是不可能的，但仍然有这样一念的精神寄托，典型地反映了作为一位既有科学意识又有丰富诗质理想的非凡人物的真实胸怀。但无论他的精神寄托为何，想象的空间有多大，仍然无可改变生命结束后"万事空"的现实。这便反映出作为一个头脑清醒的思想者和诗人理性与感性双重交叉的真实与"矛盾"。

其实，这种情况并不奇怪。我清楚记得我的老家作为一个秦置古县，许多人对于生死问题，或在不同观点中出现，或在同一个人头脑中交错并存。如：一方面有人相信因果轮回——转生或居于另一个世界之类，另一方面则坚定地认为"人死如灯灭"。有点奇怪的是：有时同一个人这两种观点会在不同情况下自他心中流出。当然可能其中一个是主流意识，另一个是在特定场合下受影响的产物。至少我在故乡的时段中，这种相互矛盾、相互交错的现象是或隐或显存在的。

而陆游诗中这种表面上的"矛盾"，其非凡处在于他不是萦萦于自我，而是一种扩大与升华了的精神境界；不是哀哀于一己生命的丧失，而重在家国理想之实现。如此看来，一个人的生命观与人生观的确也是不能完全分割的，尤其对于像陆游这样并非只是追求"活着"即可获得最大满足的传奇人物，更是如此。

可能为数不少的人们都知道，陆游一生留下来的诗词之作有近万首之多，其中经典性代表作和脍炙人口的佳句、名句也绝非个别。这样既有庞大数量又有很高质量的作品是怎样创作出来的？他不但没有因为"写东西累死"，而且活到了八十五岁（1125—1210），如按中国传统的落地即是一岁的算法，应是八十六岁，在那个年代，这实在应算是高寿诗翁了。高产与高寿之间，足可看出他是很会支配自己的生命的。这种"支配"，无疑首先得益于"正能量"的精神支持，拿现在的话来说，他的积极的人生态度，应该是起到了"提寿""助寿"的作用。在这方面，有太多他自己的"有诗为证"。他热衷投身军旅，参与抗金收复失地的战斗。"黄金错刀白玉装，夜穿窗扉出光芒。丈夫五十功未立，提刀独立顾八荒。"（《金错刀行》）这是他四十九岁时在川陕军中写的，一派斗志昂扬的心态。即使他被排挤回到山阴家乡，仍然缅怀在军中征战时的情景："楼船夜雪瓜洲渡，铁马秋风大散关。"（《书愤》）以积极的态度对待生命、正确的方法支配生命，肯定会使生命的每个分子处于被激活的状态，而不是在沉迷的状态下逐一消亡。西方学说认为，人的生命长度似乎在出生时即已大致注定，我们不能说是全无道理，但它的一尺一寸绝不是不能有任何伸缩的，其增减与每个生命个体在后天长时期中如何具体地生活、其主观与客观的生存条件，尤其是主观上怎样合理地支配自己的生命，肯定是有很大关系的。如上所述，陆游就是比较正确合理地支配生命的现身说法者（不是主观妄断，如果能较多地浏览他的作品的话，将会得出答案来）。

人生中有几多的不如意、不得意，有的人还要被伤害甚至遭到重大打击等等。陆游绝对不是这方面的幸运儿，他自年轻时走向社会即遇到种种不顺乃至人为的迫害。举其要者，他曾遭到奸佞的黑手，被剥夺了功名，直到秦桧死后才重新参与政治生活。由于他主张抗金收复失地，反而遭到投降派的怨恨，一再对他进行阻挠、贬黜，甚至加予莫须有的罪名、逼迫他回乡赋闲，等等。然而，他总能以达观的态度面对这一切，以坚韧不拔的意志，做到了不被气死、吓死与揉搓死。由于能够舒张宽解，力求"精神松绑"，陆游自称为"放翁"。为此，有时难免看似有些自我解嘲。如："衣上征尘杂酒痕，远游无处不消魂。此身合是诗人未？细雨骑驴入剑门。"（《剑门道中遇微雨》）从字面上看，好像诗人好潇洒、好轻松，其实这是他由陕西汉中至四川成都的途中，胸中满怀报国不遂的郁愤、无奈而体现出的另一番情调。在他之前，也有诗人骑驴的种种故事，但陆游却意在化重若轻，减轻了不少心理压力。他诗中显然在问世人："这算得上是诗人了吧？"我们作为八百多年后的读者，应答："是名副其实的诗人。"如果当时是他独自一人，那他更是既有胆魄又有情调的诗人。其他的一切又当何哉？还有，他在不得已赋闲时，也很会做释放烦闷的有趣消遣，不论是精神上的还是行动上的。如："小楼一夜听春雨，深巷明朝卖杏花。矮纸斜行闲作草，晴窗细乳戏分茶。"（《临安春雨初霁》）京城临安（今杭州）短暂的客居，即将回到老家山阴，永远结束了"公职"的生涯，却还有这样闲适的情致品着细乳般的茶汁，在小纸上随意地写着草字，在经意或不经意间，陆游又为后世奉献了至今仍为后人品之有味的名句"小楼一夜听春雨，深巷明朝卖杏花"，这也许是作者当时未曾预料到的。所有的这些消解时间、支配生命、劳逸交融、合理运用，从心理学和医学上来说，都起到减压"排毒"，以至转化为良性效应。在某种意义上，也是陆游生命中一个有机的组成部分。扩及开来，对后世养生心理也有启示性。

"钗头凤"与沈园堪称陆游一生感情生活中的重大节点。这一悲情故事于我们中国不说是家喻户晓，亦可谓许多人皆详知之，在此无须多做赘述。一般来说，作为一对感情甚笃的恩爱夫妻被外力生生地撕裂，对夫妻双方造成的伤痛可想而知。后世人缺乏当时的具体感受而难以得知陆游所承受的伤损，但这种感受绝对不会是好受得了的。直到数年后他们在沈园不期而遇，陆游在墙壁上所题《钗头凤》一词，便可证明他对唐婉刻骨铭心之爱及流露出的追悔之意。这次偶遇之后不久，唐婉即因伤痛而病逝，陆游虽在，但我们不可因此而推论他不及唐婉用情之深，因为不同的个体在基因、张力、抗刺激能力、自我调整功能等方面的情况有别。应知感情这种东西，有的因深陷而遭重创，有的因坚实而升华，陆游大致应属后一种情况。他对唐婉的情，也升华为一种力量，一种对最美好象征的寄托。这样说，也是有诗为证的。这就是在四十多年后，当陆游又一次来到沈园时，他已七十五岁了，想起当年在此与唐婉相遇的旧事，写下了《沈园二首》：

> 城上斜阳画角哀，沈园非复旧池台。
> 伤心桥下春波绿，曾是惊鸿照影来。
>
> 梦断香消四十年，沈园柳老不吹绵。
> 此身行作稽山土，犹吊遗踪一泫然。

不仅如此，陆游八十一岁时，还写下了《十二月十二日夜梦游沈氏园亭二首》。情感积淀如此之深，记忆之波如此绵长不断，说明对陆游而言，爱情之于生命也是一种崇高的寄托，一种助推生命的力量。因为精神注入了生命的意义，生命不存情感便不再有附体，二者相互依存、相互助推，如此便不只是伤损，尚可化为生命中特具的积极因素。

其实，人生中任何真正美好的东西均应转化为一种力量，一种看似虚幻却十分坚实的理想。皆因他"尚思为国戍轮台"，当一个夜晚风雨大作时，他"夜阑卧听风吹雨"，仿佛"铁马冰河入梦来"的顽强心志产生的力量，想象亦成为寄托，理想给生命以坚韧的牵动，又使他活了十七年！

（本文作于 2020 年）

且谈陆游的生命观

长寿者高产　独创者灵动

——杨万里及其艺术风格

我上小学一二年级时就有书法课，有时是书法和语文课融合，语文课老师教古典诗词，而书法课老师写好"仿格"，由学生们临摹。那时语文课老师是战子汉，书法课老师是李汉亭。他们一个号称为"大饱学"，一个是实实在在的清代秀才，但他们最先教我们学的诗词与"仿格"既不是李白的"床前明月光"，也不是苏东坡的"横看成岭侧成峰"，而似乎是不如前两位出名的韩愈的"天街小雨润如酥"和杨万里的"毕竟西湖六月中"。这最早的启蒙对我来说是产生了一定影响的，所以我在后来上大学中文系时，不仅崇慕李白、杜甫、白居易"伟大"级的老几位，对刘禹锡、杜牧、杨万里的诗文也很喜爱。愈到后来，愈觉得他们中的性格、气质、文风等方面更与自己合拍。

这里单说杨万里的种种。

杨万里（1127—1206），字廷秀，别号诚斋，江西吉水人。他的诗在当时就很有名，与尤袤（今江苏无锡人）、范成大（今江苏苏州人）、陆游（今浙江绍兴人）并称为"南宋四大家"。他毕生写诗至少有两万首，但只有一部分流传下来。其诗风自然而秀巧，极具生活化，且又韵味十足。此二者融合兼优，殊属难得。他的一生，人品诗品多有值得称道之处，我细思后，可以三个"亲"字概括之。

其一是亲民。我们首先应该知道这位诚斋先生的身份：他并非一个屡试不第的老生员，更不是寂寂无闻、毕生未出荒村一步的"三家村"穷学究，而是南宋绍兴年间的科举进士，曾任秘书监之职。秘书监者，乃秘书省的长官，负责国家图书著作出版等事宜，以今日之业务定位，亦应为"部级干部"。但他任职时间并不太长，即因不肯依附当朝权贵韩侂胄而被迫去官，足见他诗风虽不及陆游诗的主调浩然厚重、志气高昂，却也不愧为正气不阿之士，作品风格只是反映诗人的性格有别而已。他耿直的另一面则是对普通民众充满亲和之情，这在他的许多诗作中反映得淋漓尽致。一位曾经的高级官员、一位名气不小的大诗人，却时刻都能以平等赞赏的态度对待普通人的劳动和付出。我们今天读他的《圩丁词》和《插秧歌》，仍可感受到一位封建时代的士大夫从思想上已融入劳动者的洪流之中。"年年圩长集圩丁，不要招呼自要行。万杵一鸣千畚土，大呼高唱总齐声。"

在这"齐声"中，我们仿佛也能听出有诗人的声音在。很显然，没有思想的真正融入，是很难写出如此动人的诗来的。

由此，我不禁又想到一个重要节点。这就是诗人杨万里出生之年，正是北宋末金兵攻破汴京并劫获北宋皇帝和太上皇徽钦二帝以及皇族人等悉数押送金邦的"靖康之耻"年。这是一种时间的巧合，也是杨万里命运的深刻印记。固然，刚刚出生的婴儿不可能直接感知这个历史性的巨变，但从父母和师长的口中不可能听不到那场家国惨剧的讲述，感受到非常时代的震荡。所有这一切，都不可能不对纯正、善良而敏感的童少年时期的杨万里产生痛彻的影响。也许在他的诗作中没有更多的正面反映，但通过具体的现实生活升华出的亲和民情、热爱生活、敬畏生命的强烈意识，无不是他心灵中善与恶、真与伪、美与丑的清晰印记。从杨万里诗的主体资质可以得出这样一个结论：任何暴虐、丑恶、灭绝人性的行径，他都报以毫不含糊的排拒与痛恶。

也巧了，杨万里等"南宋四大家"都出生于"靖康之变"之际：杨、尤二位恰是一一二七年，陆是一一二五年，范是一一二六年。他们几位或在襁褓或为婴儿时，家乡都经历了金军入侵江南之离乱，谁也难以幸免。"长三角"地区自不必说，金帅兀术尾追宋高宗赵构至东海岸边（未获），又追北宋之隆祐太后至虔州（今江西赣州），已越过杨万里家乡数百里。可以想见，当时他们的父老乡亲定是一日数惊。但从另一面讲，也激发了陆游、杨万里等"南宋四大家"忠于国家与民同心的意志。

其二是亲切。杨万里的诗风被称为"诚斋体"，所谓"诚斋体"，应该说在很大程度上具备了鲜明而突出的独创性，不仅是一般的贴近生活，不仅是一般的通俗易懂，甚至也不是一般的生动活泼，而是将鲜活的现实、将民众的忧乐情绪、将生态的精到极致，经由自己的视觉、听觉、触觉融入血液，嵌入骨髓，成为杨氏的独特；再加以升华，成为一种不能模仿的标志，一种经过熔炼后的独创。而在这当中，最具代表性的意象和诗句无不使人感到真切的灵动，人人读之无不信服却又难以企及。如："小荷才露尖尖角，早有蜻蜓立上头"（《小池》），"儿童急走追黄蝶，飞入菜花无处寻"（《宿新市徐公店》）。最常见的又是最典型的，最难以捕捉又是最觉亲切的。多少年来，这类脍炙人口的诗句被引用了无数次，却仍觉常新，并无厌烦之感。可见"诚斋体"并非如今日某些人为炒作而成、靠哄抬物价的术法吹出来的作品，而是在两万多首诗的独创过程中磨砺而成，在生活的海洋中一个浪花一个浪花地细敏观察所得，精于采撷而又在自己的血液中浸泡出来的。最后一句是：天赋的灵性、辛勤的劳作、生活的赐予，还有上苍的眷顾，这几个方面"会师"而终成正果。

最简单的一个问题：浩浩两万多首诗歌，短时间是难以完成的。但以他主观的修炼加上苍的优惠，八旬高龄实现了高产的结果。八十岁，在今天也许只是个寿命的平均数，而在八百多年前的中古时代已算少有的高寿。历史上有名的文人中，超过八秩高龄者只有贺知章、陆游、杨万里、黄宗羲等不多的几位。甭说别的，杨万里同时代的朋友，"南宋四大家"中的范成大终年六十七，与尤袤同庚。由此可见，杨公也算个有福之人——亲切是福。

其三是亲近。读杨万里诗还有一个特别的感觉：仿佛与近世几乎没有多少距离。无论是自然风习、农耕方式、人文情味乃至文字表达，都没有八九百年以前的古意。这真是一个神奇现象，绝非仅是读者心理作用所致。举例为证："田夫抛秧田妇接，小儿拔秧大儿插。笠是兜鍪蓑是甲，雨从头上湿到胛。唤渠朝餐歇半霎，低头折腰只不答。秧根未牢莳未匝，照管鹅儿与雏鸭。"（《插秧歌》）无论从劳动场景和语言文字上看，言其为近世的现实生活亦未为不可。难道这位南宋大诗人还能有"先知之明"，预知他身后的八百年左右（譬如二十世纪八十年代）生产方式不会有太大变化，劳动者的言谈举止也基本依然。在这点上，不能归之于科学技术发展的步伐太慢，实在是我们的诚斋大诗人善于前瞻的"功能"太神奇了。不信，且再看："河水还高港水低，千枝万泒曲穿畦。斗门一闭君休笑，要看水从人指挥。"（《圩丁词》）"听指挥""曲穿畦"这类词语哪里有什么时代的隔阂？如果说它是发表于近年《中华诗词》中今人所写的山民正在建设的一项水利设施，不像吗？

不仅如此，更为奇特的是：还看不出多少地理上的差异，哪里有江南水乡与北方农事之别？因为，如今东三省也有水稻的栽植，而且成色不错：延边大米、五常大米、盘锦大米等，分什么南方北方！我也读过其他古代诗人写农事与田园风光的作品，几乎都不能做到如诚斋公般弥合了长江南北的明显差异，大大拉近了不同地域的距离——亲民、亲切、亲近。一个"亲"字，相融了八百年和八百公里，服了！

最后，再回到开头那个话题。记得前些年在一次古典文学研讨会上，本人在发言中提到就个人气质和性格而言，我更偏爱唐代的刘禹锡、杜牧，宋代的杨万里那样的风格。有一位教授插话说："他们可都不是唐宋八大家啊。"我当时没有表示什么，但心里明白此君所指，而且还了解这类将固有的说法视为衡量轻重高低之圭臬的观念还是相当有代表性的。不错，我所提到的刘、杜、杨几位都未被列入"唐宋八大家"，其实还有不少被公认为重量级的唐宋作家也未列入。以所谓"唐宋八大家"作为铁定标准的读者不在少数，他们大都不详知这种说法的真正来处，可能误以为是当年类似现在中国作协这样的权威机构所钦定的。其实不然，那么，它是天神降下来的旨意吗？当然也不是。真相是明代偏爱古文的几位文人茅坤、唐顺之和朱右，在唐宋两代的作家中选取了八位（其中苏洵父子就占了三位），定位于"唐宋八大家"。中国人的习惯往往喜欢以"三大""四大""五虎""八大"之数表达他们心中的佼佼者，这样沿袭至后世，约定俗成，也便成为定式。其实即使在当时，就有人指出茅、唐等人在评骘人与作品时多有错讹和疏失，但后世人懒得去计较这些，也就顺着竿儿攀附罢了。这类现象，不仅过去有，现当代也不乏其例：有自命为权威的"好事者"纠合三五人等编撰"文学史"，依个人偏见好恶"乱点鸳鸯谱"，比起几百年前的茅坤、唐顺之他们，更少了些客观公正性，所以连人家那样的参考价值也达不到，这也没有什么奇特。

在这方面，杨公万里的生活与创作实践启发了人们：不唯前，不唯书，本本分分地生活，仔仔细细地观察，认认真真地走自己的创作之路，在平实中不断创新，在浩繁中求精到，这才是应有的态度，这才是真正的质朴，我觉得。

（本文作于 2022 年）

重读《过零丁洋》所想到的

公元一二七九年，有一个人来到零丁洋，亦即今广东省中山市南珠江口外，留下了至今仍为千百万人读之激愤而又颇受鼓舞的传世名篇——

…………

惶恐滩头说惶恐，
零丁洋里叹零丁。
人生自古谁无死？
留取丹心照汗青。

当时，想必是惶恐滩的风伴着诗人的吟哦也声声叹息，零丁洋的浪也和着劫难中文丞相的脚步而滴滴垂泪。

然而，也正是有了这首诗，惶恐滩从此便不再惶恐，零丁洋从此也不再感到孤苦伶仃。因为，有在浩然正气支撑下不畏死的精神与日月同辉，又谈何惶恐？自信正义的事业不论经过多少艰难曲折，终将被历史所验证，又何须因一时清寂而感到孤苦伶仃？

我今天来到零丁洋侧畔，风和日丽，轻波絮语，远山静谧，近鸥群嬉，一派祥和气象。我知道：就在中山市的翠亨村，诞生了我国伟大的民主革命先行者孙中山先生；而今，中山市在改革开放大业中也走在奋进者的前列，呈现龙腾虎跃之势。足见，惶恐滩早已不再惶恐，惶恐怎能产生匡世的英杰？零丁洋也早已不再零丁，百舸竞发、不断跨越的奋进态势就是明证。

其实，当时被摧毁的只是一个孱弱的南宋偏安王朝，而文天祥的耿耿丹心丝毫也没有黯然失色。他的貌似强大的对手张弘范（汉人）看来是胜利了，但他对于文公，俘获的只是一个彻底的失望，而人的正气已被文丞相带至永世。从南海之畔零丁洋迤逦北上，文天祥来到当时的大都，在兵马司内院幽闭的空间，一撑就是三年，其状可想而知。别的不论，一首《正气歌》足可光照千秋，使一切正直无畏之士都感到由衷的自慰和自豪。我真感到神奇，一支笔竟有如此的神力，透过铁窗可以写在千万人的心里。

七百多年前，从南方的零丁洋到北方的北京，行程有数千里之遥。纵有道路，也只是土路颠簸、木轮扬尘的驿道；纵有山水风景，也无闲心欣赏。从文天祥所遗的《金陵驿》（"山河风景元无异，城郭人民半已非。满地芦花和我老，旧家燕子傍谁飞？"）等诗中，可见当时观感之一二。山河风景是客观的，而面对风景的人却始终是以"自己的眼睛"去透射世界的。从这个意义上讲，山水景物从来也不是呆滞不变的绝静之物。

唯在今天——七百多年后的今天，山川胜景的风采才能得以充分显现。考察者和旅游者才能随心所欲地欣赏与领略个中佳处。但不知其中有几人尚能记得当年文天祥所经之地？又留下了哪些正气浩然、泣血警世的诗句？

最令人惊叹的是路！如今我们正在追风逐月兴建的京九铁路，将在更大程度上使千山万壑的神州南北交通更加顺畅。这是一条从当年文天祥所经的方向反伸向祖国南海之滨的大动脉之铁路。就某种意义上说，从当年的黄土驿道到今天现代化的京九铁路，跋涉走过了七百一十六年！

不知怎的，我总觉得未来京九铁路建成时，那首趟列车上应有文丞相的一个座席。因为，古今正气一脉相承。建设京九铁路的人们也必是些秉持一腔正气、为美好事业献身的时代精英，不然他们如何能够有那样顽强的意志和超凡的气概？

"京九大动脉"也可说是中华民族优秀传统的象征！

（本文作于 1995 年）

汤显祖与《临川四梦》

此公在个性独特的士人中是罕见考中进士者，但仍然官运不利，甚至不升反降：南京礼部主事、徐闻典史、遂昌知县，直至因不附权贵而被免职，未老而返乡。在本地，他乐在氍毹上构建"临川四梦"情境。戏剧艺术家重在感觉，对宦途决意远离，因此不难理解他何以拒绝首辅张居正之招揽。但拒而不议，不论是当世逢迎还是身后追捧。他最关注杜丽娘一角的演员挑选，幻觉中信步出城，见郊野草台班一村姑简装登台，便喜而惊呼："就是她！"从来最美不避僻乡，贵在心灵知音。献演之日，不仅"游园惊梦"，且惊爆了千里城乡，唤醒了多少有情男女。

"四梦"持续走红，汤公却很宁静。夜难寐时长思：半生命波不平，虽曾侥幸得中进士，但官运不显，自己从不怨天怨地，皆生性太"拧"所致。其实上苍待之不

我与今古文艺家笔墨神交

薄，得以安然归故里，从事心之所愿，可谓足矣。他深知：此时辽东边患正炽，后金骁骑虎视关楼，多少热血将士，以血光喷洒敌之凶焰。本地暂能苟安，幸以纯情浇灌剧中美"梦"。他深知：这也许只能在有限时间内，得以倾尽心血塑造，功过短长任人鉴裁。

至于后世评价与延续的影响，诸如所谓"东方莎士比亚"，以及与梅兰芳、俞振飞的舞台绝配，还有昆曲发源地江苏昆山千灯镇，艺术系师生齐集研究汤公生平、成就等。这一切，汤公全然不明也不计。他的人生目标就是为了张扬美善，也是对世间某种丑行痛恶至深，以鲜明爱憎教化众生，仅此而已，从无奢望。公之生前的最后一丝记忆是：当《南柯记》和《邯郸记》演出谢幕后，他因困极倚卧榻闭目养神，竟真的睡去。中间稍醒片刻，只问了句："黄米熟否？"无人答。临街有梆声，正三更。

汤公他们曾来过这里

——澳门寻踪感怀

在这以前，我只知明代汤显祖、明末清初的屈大均去过澳门，这次（己卯春节前）去澳门，才知清代画家吴历，明末清初的名士张穆，清初的诗人成鹫，清代思想家、文学家魏源，近代早期的改良主义者郑观应，近代爱国诗人丘逢甲，都或短或长地在澳门居留过。由是，我对澳门这个小半岛，不仅多了几分亲切，而且更有些刮目相看了。

在澳门逗留期间，我不无天真地试图寻觅以上先贤文人的遗迹，但向导遗憾地告诉我：他也不清楚。由于时间短促，我终未遂愿，却也使我生出许多想象和感慨。

我总觉得，有这么多的"文学艺术界"先辈先后居留于澳门，这本身就是一个耐人寻味的现象。我有时竟无视他们并非同时代人，恍惚见他们齐集在一家粤味小馆，品茶，谈古论今。

难怪人称汤显祖为"东方莎士比亚"，以往我只从他们同为剧作大师、各执东西方戏剧艺术之牛耳，且十分巧合的是又大致是同时代人这些方面加以理解。现在看还有另一层意思：汤显祖很可能是最先接触到西方文化的中国文人，而且在他的作品中自觉或不自觉地吸收了某些养分。譬如他在《牡丹亭》中描写多宝寺的情景，就反映了这位剧作家对澳门圣保禄教堂的印象，而他的澳门诗则描写了澳门港的景况。

比汤翁稍后出生的广东著名诗人、号称"岭南三大家"之冠的屈大均，我最佩服的却是他那终生不易、虽多难而不悔的民族气节，毫不动摇地拒绝以长辫做仕进的攀索，宁可一根不留，削发为僧。他一生曾多次到澳门考察，写下了多首反映澳门社会生活的诗歌，然而，尽管他和那里有的葡人结下友谊，却始终保持一颗炽热正直的中国心。他知道，东望洋山和西望洋山的炮台都不属于他，唯一的拥有是将气节的守望铸成诗魂。

他们中有的皈依了耶稣会（如吴历），甚至直接参与"办洋务"（如《盛世危言》的作者郑观应），而最令人慨叹的是出生于台湾苗栗的光绪年间进士丘逢甲，为祖国宝岛被割让而泣血，亲自组织义军抗倭，并以七绝一首述志："春愁难遣强看山，往事心惊泪欲潸。四百万人同一哭，去年今日割台湾。"而他为数不少的澳门诗，也贯穿着一股浩然正气，同样表现出一位爱国诗人的胸襟，以澳门的历史联系台湾的遭遇，更可调动诗人悲愤难已的激情。

在澳门寻踪归来过拱北海关时，我脑际还萦回着这些诗人、文学家的形象（虽无缘见其人，然其作品本身已在铸造形象），而且一直在想：他们为什么、为什么先后居留澳门？是为了避开文字狱的血腥，还是为了远离"锦衣卫"徒子徒孙的追踪，难道是他们将当时的澳门视为候鸟暂栖的季节湖，还是权作一个小小的容身的夹缝？

不管是为什么，我不再详加考证，但真想告诉他们：过去啦，都过去啦，包括澳门被外人逐步占领的数万个乃至十几万个晨昏。如今天已大亮，澳门回归在即，诸位文学先贤既然素有雅量海量，此际何不痛饮一杯！

（本文作于 1999 年）

徐渭及其诗、书、画

徐渭，字文长，号青藤老人，明山阴（今浙江绍兴）人。伊取此名号，莫非欲攀青藤之上而入缥缈？似也不似。此君曾多次乡试不中，足见其功名之念导致并未完全免俗。虽说是"山阴道上，应接不暇"，但恕晚生直言：伊还真不是做举人的材料——恣肆有余而规范不足，以致过于愤世嫉俗而自残杀妻，身陷囹圄不知是否长夜自省？反正幸得友人保释而出狱，却已用自己的刀最后毁掉了披红挂彩的"禄缘"。

不过，此君真的有才，甚至近乎全才：诗、书、画，还有"文艺理论"也不乏创见。风格奇谲淋漓，令那班科场晋身的阁老级冬烘不禁汗颜。一般人又怎知：伊对军事谋略亦有悟性，曾作为幕宾向当时平倭将帅献策奏效。假如命运给此君以充分施展机会，至少做个"参谋处长"之类的角色是足以称职的。

可惜就在那个时期，伊突发狂症，由狂躁而丧失理智，是个人悲剧也是那个时代的扭曲。纵是同期在世的李时珍深谙医道，纵是前人名医华佗再生，恐亦爱莫能助，不敢破天荒地施用开颅手术！

去年深秋，我再次赴浙江绍兴谒青藤故居，一进院中，那种青苔气息道尽江南老宅之沧桑遗韵。一帮参观者边看边议，啧啧于青藤主人身后成就胜过生前名气，笑谈徐文长公自评书法第一、诗第二、文第三、画第四，这与后世人评价多存差异。但不论如何排序，"青藤"之艺术成就都已成定论，那些人还说正由于他"孤僻自残才成就了中国的'梵高'"。我听后未语，却别有所悟：后世人应企望有奇才者亦具有健全性格；今天的我们怎能深切体会其人当时苦笑背后之酸辛？实在不忍玩味前人的残缺；如对中国"梵高"所付出的惨重代价，一味称许则有失厚道。须知：作品的美质是留给后人鉴赏品味的；而命运中的痛楚，却是由当事人自己吞咽的。

徐霞客与《游记》

他除了考籍，就是与高堂老母相依为命。暂无终身伴侣，但院中石榴，成熟时百子齐笑，仿佛对他有某种感应。当时的明朝统治层，雾笼庙堂，权宦阉奸秽手断路，科场黑暗重重，霞客视若畏途。闲来翻书，字里行间斑斑潜血；合上经书，决意告别功名利禄，另寻旅途。

难得老母理解他的心思，支持他远涉四方，催儿上路，勿以慈母为念，蜗居宅舍。远行非为赶考，而是考察高山流水以寻觅知音。行囊中有他手绘的地图，还有老母为之准备的炒面、蜡烛、备用的鞋靴等。当夜空"三星"西斜时分，他开门踏惊了邻居的犬吠和鸡鸣。

他始终未忘"读万卷书，行万里路"的"座右铭"，所谓"万里"，由一双双磨破的麻鞋艰难地丈量；所谓"万卷"，也并不是纸页，而是巉岩峭壁，是五台禅寺的石阶，是黄山的松林，是贵州黄果树的飞瀑垂帘……他以惊喜的目光将水珠串起，以思想的丝线将奇观装订成册，半途在乡间鸡毛小店荧荧灯下，录下所获的草稿；下一步登岩，用小锤剖开石心，诊判所含地质成分。

跋涉攀登，难计里程。雪暴、骤雨、滑坡、匪患，在九死的网眼中挤出艰难的一生。出行、回返、再出行，永远是一个人的出征，天点名，独回应。多磨与劳损悄然窃走霞客先生的健康，幸有最后一次全身而返，也算不负上苍护佑。归来，窗前书案，微颤的手订正草稿，最后落笔于《游记》，他兀自拈须，是小寐也是永别——此时，正是清兵南下的四年前某日，自然避开了"嘉定三屠"的血腥。如果说人生有所谓"命"的话，霞客先生也还算沾几分幸运。

赴江阴瞻仰徐霞客故居

我曾先后两次造访过江阴，虽然都在近十年前，但同样在很大程度上，达到了对这片令人向往之地的了解，留下了非同寻常的深刻印象。

这两次造访的意向，是与江阴的历史人物和事件紧密相关的，一次是专为拜谒徐霞客故居，一次是为观览曾经的江防要塞。前者是我心仪已久的，还是在二十世纪四十年代于故乡胶东解放区读初中时，从语文课本上领略了徐霞客和他非凡的人生，一直想亲赴他的出生地感受其人的气脉。后者则与我青少年时期的军旅生涯有关，尤其是为了追寻我的老科长与江阴要塞的相关渊源，借以回报这位老机要工作者对我的爱护与提携之恩。

瞻仰徐霞客故居是在深秋季节，当时徐宅院内空旷而清寂，地上落下了不少枯黄的树叶，我又闻到了只有在江南地区才能感受到的那种清冽而又微带青苔味的混合气息，这是我多年来习惯以它来区别北方与长江下游地区的气味标志。不知它都由哪些"元素"混合而成，只有一点是能够推断的，还是由于比较潮湿所致。总的来说，这种气息并不令人反感，而且觉得有一种亲和感，是雅尚、书香，还是拒绝喧嚣与浮尘？虽不能一下子做出精准的判定，却认为徐霞客的居宅就应该是这样的氛围。

当时室内的展品并不繁复冗杂，除了简介、画像外，就是据说为主人的遗物。然而，不知为何我却觉得如此甚是适当，徐霞客的性情就是应该比较简约而清奇。我的注意力更集中在解说员清爽而略带吴音的普通话的解说中，至今仍记得其主脉和大意：徐霞客年轻时即目睹明末政治的黑暗、党争的激烈，因此他不愿走科场应仕的道路，从二十一岁起即离家远行旅游，持续三十多年，西南到贵州、云南，北至山西、河北，途经二十余个省（市、区）的地面。路途之中备受艰辛、经常遇险，但仍锲而不舍、不改初衷，集三十余年的考察阅历所得，写成极富地理和文学价值的《徐霞客游记》。在解说当中，我感受最突出的一点是，徐霞客的坚持不懈、百折不挠，包括他的物质之需，在很大程度上得力于他母亲的全力支持与鼓励，我当时听着心里便无声地赞叹：贤母！真正的母亲不仅给予亲子以生命，而且无私地助燃亲子生命价值的辉光。

参观将要结束时，我特意仔细看了徐霞客简介中的生卒年（1587—1641），在惋惜他的寿命略感不长的同时，又对他离世之时暗觉庆幸。因为，假如他再活四年，那些制造"扬州十日""嘉定三屠"血腥暴行的清骑将遍踏大江南北，哀鸿战栗城乡，而正直、善良、疲惫归来的徐霞客的命运又将如何，真不好说。所以，早四年善终，至少可安息于九泉之下。

走出院门，一阵清凉的风扑面而来，树叶上的水珠也随风飘下，滴落在我的唇边，我不自觉地抿了抿，觉得涩中微甜。哦，这应是清风的赠品，清风使人舒怡，露珠润泽心胸。这是江阴的清风，也是徐霞客故居树上的露珠。时间虽过去三百六十余年，清气依然，露珠仍旧晶莹。徐公一生颠沛奔波，不谋个人腾达，无声泽益后世，传达的自然是风清露洁的无污信息。虔心领受，不虚此行。

（本文作于 2006 年）

大写顾炎武

顾炎武，明清之际江苏昆山人。既非行伍出身，也未曾中过武举，只因为凶蛮的屠刀逼颈，腥膻的战靴踹破邻门，他哪儿还有闲心读书吟词，心如门闩，横成利剑，故曰"炎武"！

时间在燃烧，万分危急！一个"扬州十日"，又一个"嘉定三屠"，距他——顾亭林的家乡昆山近在咫尺，江南桃花纷落血雨，哪个有心人能闭上眼睛、鼻息充塞闻不到腥风？公元十七世纪中叶，多少慷慨悲歌之士，效法当年稼轩沙场点兵，其中有一个不畏强暴，率先出列。是谁？就是他——顾炎武，字宁人。

看来此公并非事事较真、处处争胜者。对于非紧要之事、非刁恶之人，他也许是一个善于宽容甚至退让之士；但如碰上有伤于国家有辱于民族大事，还有犯境劫掠、杀人取乐的悍匪骁骑，他绝对不"息事宁人"，更不能拱手礼让，只能是以眼还眼，以牙还牙，一腔不共戴天之怒火不"息"，抗敌卫土之志不"宁"，而是加一个提手，充分展现出江南士子特有的"拧"字。

虽然战神并不垂青于他，临时集合起来的士子乡勇也难敌训练有素、悍厉成性的马蹄袖恶魔。但他从未乞灵于命运，决不熄灭与悍敌共存亡的心志。

还有，他始终拒绝辫子旋起的阴风，不只为排斥一种异样的装束，首先是一种可贵的坚守。一披蓑衣傲御大江南北风雨；一双麻鞋穿起三山五岳；一部《日知录》伴他村店夜话；一身独往独去不啻天马行空。不是徐霞客，不是游方僧，踏遍冀、晋、陕等地为选取抗敌基地以做长期打算。

六十九岁辞世，时光没有给他更长的运筹准备，是遗憾，也是命运的安排，但千里之间的高山大河已做出鉴定：终生不向万恶的强暴屈膝，以鲜明的主张与坚实的文字为自己的志节做证，一管不折的笔擎天拄地，足以支撑；足踏江山半壁，蓦回首，怒对恶贼，最后一息时，亦不改初衷。

古往今来，凡人中英杰、国之干城，除有兴利除弊、救国济世之行动，大多亦有深邃思想，凝成非常之警语，纵在斯人辞世之后，仍为人心江流而远播，无异于真正的不朽生命。顾炎武有"博学于文，行己有耻"，林则徐有"苟利国家生死以，岂因祸福避趋之"，近代鲁迅有"横眉冷对千夫指，俯首甘为孺子牛"等等，皆为伟大思想家之丹书铁券。另有宋代范仲淹之名句"先天下之忧而忧，后天下之乐而乐"，出于经典散文《岳阳楼记》之中。究其实，希文先生只是借赏景（他并未真的去过岳阳楼）而抒发心志耳！他绝不只是一位吟风弄月的文学之士，更是胸怀抱负兴国利民的政治家和军事家。还有如岳武穆的"三十功名尘与土，八千里路云和月"、李清照的"生当作人杰，死亦为鬼雄"，可见前者不仅是当关立马、克敌制胜的武将，后者亦不只是善写"帘卷西风，人比黄花瘦"的词坛高手，其思想抱负、铁肩义担的资质均在字里行间灼灼生辉。

总之，顾炎武与我所联想到的诸位先哲杰士，都是值得单列题目的大写之人。

吴承恩与蒲松龄

这是我第二次来到中国历史文化名城淮安。这一次是专为考察《西游记》作者吴承恩有关掌故而来，结果是如愿而归。举凡吴承恩的故居、墓地以及他的出生地河下古镇等，我都去了，且都留下了极深且极好的印象。本来，我是想专门写一篇记叙文字的，但又觉得那样角度未免平了些，全面论述又非一篇短文所能容纳。正当此刻，幻觉中似有一种声音提示笔者：蒲松龄！蒲松龄！

我忽有所悟：我的那位老乡，晚于吴承恩百年左右的蒲松龄，在诸多方面都与吴氏有相似之处；而蒲氏故居山东淄川蒲家庄以及他教书的地方王村西铺，我曾去过多次，自然感受良多。将这两位先贤巨子对照来写，当会有更多的感悟、更深的印证，而且说不定还可省却若干笔墨哩。

时间的流程不可倒转，历史的面影也不会完全重复，但有时候，却不可否认它们会出现惊人的重合。吴、蒲二人就是这样，他俩如地下有知，也不能不为彼此之间的天造地设而惊绝！

吴承恩生活于明嘉靖、隆庆、万历之交，而蒲松龄则生长于清顺治、康熙年间，但有一点是相似甚至相同的：他们都学识渊博、文才出众，也都曾热心于科举，然而，客观环境的悖谬与命运的多舛却偏偏不给他们机会，以致屡试不第。蒲松龄七十一岁时始成"贡生"，而吴承恩在嘉靖中才补了一名"贡生"。吴在这中间任过浙江长兴县丞（大约为八品"副县长"之职），但因境况困顿，不久即回乡；后又至外省谋了一个更加无关紧要的差事，不久亦郁郁辞归。蒲松龄则绝无官运，除中间一度在江苏宝应县为同乡孙蕙做幕宾外，几乎完全在家乡以塾师为业。

写到这里，我忽然想到：按照一般的说法，以吴、蒲之文才是绝对应该考中科举的，他们如能金榜题名，当然也能做上一个不大不小的官儿。我过去也是这样想的，但现在似乎又别有所悟。吴、蒲二人之所以屡试不第，除了因为封建考官冬烘的偏见、迂腐的教条之外，以他们在那个时代相对倾向于自由的心地与先天的文学艺术气质，是未必符合八股文的绝对规范的。如有欠"规范"，则势必使考官瞅着不顺眼。还有，在封建时代应试体制下，考生试卷的书法正规与否（更遑论书写水平）绝对是很占分儿的。我没有理由低估吴、蒲书法的功力，但对比迄今发现的中国唯一的一份状元卷——明代山东青州考生赵秉忠的卷子，清秀工整的毛笔字一气到底、无一涂改。吴、蒲在这方面究竟有多少优势？如有被考官挑剔之处，便更为他们本有的偏见多了一层依据。

无功名在身，官运自然就谈不上。可退一万步说，纵然他们中了举，放了一任官儿，以他们正直的本性和不羁的气质，会那么循规蹈矩、服服帖帖地当好奴才型的官儿吗？假如随意表露其本真的性情，这官儿恐怕就很难当得稳当。

所以说，有没有官运是一回事，会不会当官又是一回事。我虽无太多的根据断定吴承恩和蒲松龄就是不会当官，但根据他们在各自作品中所表露出来的思想与事实上的仕运多蹇，说他们"不会"当官，谅是不离大谱的。

吴、蒲二公殊时而同归的另一重要之点，是他们在仕途上遭遇挫折后都专意于著述，而最有成就的恰恰又都是神话与志怪小说，只不过吴以长篇《西游记》名世，而蒲则以《聊斋志异》短篇集奠定了他在文学史上的地位。不仅如此，他们在著述中都将一腔郁愤融入笔下，假托神话故事和鬼狐奇遇抒发了人生理想，揭示了人间的种种不平，宣泄了胸中的愤懑与悲苦，在艺术上表现出卓然不群的风格成就。史料告诉我们，在当时，他们的文学才能即相当有名，如蒲松龄向为清初大文学家王士禛、施闰章所赏识。王士祯为山东新城（今桓台）人，与蒲松龄是不足百里的老乡，在回乡期间与蒲松龄多有接触，并相互切磋诗文。王官至刑部尚书，为"神韵派"首领、"文坛盟主"。施闰章为安徽宣城人，与王士祯同是顺治进士，康熙时举博学鸿儒，官至侍读，为清初著名诗人，与山东莱阳之宋琬号称"南施北宋"。蒲松龄能为同时代的两位大腕所注意，足见蒲在当时并非微不足道的"业余作者"。不过，我多年来仍有难释之处：既然在官场和文坛上均负盛名的高官名士如此称道蒲氏，为何他们不稍做实际的努力，帮助蒲氏改善蹇促的生活境况？

吴承恩当时与什么名人大腕交往似无多少记载，但在一般人眼中，他亦非庸碌无为之辈。肯定地说，他的读书和著述之所——今之故居，当时即为乡里众人所知，并将这位当过县丞的有头有脸之士称为"吴大人""吴学士"。其实，一般乡人哪里知道他的内心世界？他的两番短暂的"赴任"实在是带着几分无奈，最终又无不是郁郁而终，这当中有被冷落的凄清，也有不甘做奴才的孤傲。当我们细品他笔下大闹天宫的孙悟空，便可约略看出其内心世界之一角。他的真实处境与向往中的境界，何止有霄壤之距！

再者，吴、蒲二位均有自己的生活来源与"创作基地"，而且情况惊人地近似。吴承恩自幼即酷爱神话故事，且极富想象力。据传离家乡不远的今连云港云台山（俗称花果山）就是他写《西游记》的生活源头，即美猴王孙悟空的出世之地，所谓花果山、水帘洞是也。蒲松龄的聊斋故事，则多采撷自村头大路口的"柳泉"边，过往人等的神奇怪异之说成为他创作灵感的最佳引发剂。同时离本村三十里的设馆教书处"石隐园"也无疑是他写鬼灵狐仙的理想环境：黄夜独自一人，凭窗远望，月光泻地，树叶飘落之声，幻觉中似有"婴宁"等美丽婀娜的异怪女子轻躞而来……仅以生活来源和想象空间而言，吴、蒲二公虽相隔百余年，但又何其近似乃尔！不仅如此，吴有长期"感受"基地之花果山，蒲也有短期"出征地"黄海之畔的崂山。以那个时代的交通条件，他长途跋涉屡登崂山上清宫道观，真不啻今天去西藏谒见布达拉宫。

最后必须提到的是：他们俩所终之处亦非子虚乌有，均有墓地与墓志，只是发掘来源不大相同。有些恶徒误以为创作《聊斋志异》这样名著的大作家一定是陪葬品甚为丰厚，结果当把距村东南一里许的蒲氏墓丘挖开后，只"缴获"砚池一方、印章数枚而已。而吴承恩的墓葬地所幸后来者不知，是在兴修水利等工程中无意被发现，而且有墓志为证，令一些持无端怀疑论者无话可说。遗憾的是，发掘出的棺材板经转手已不完整，但尚存重要的一段，见于淮安市吴承恩纪念馆内。这也算是吴老先生的一种幸运。如无此类佐证，则好事者必然还会有种种怀疑与穿凿，那要浪费多少无谓的唇舌与纸墨，争论无休。如今先生可以安息矣。

只是，仍有必要实事求是地补正几笔。过去见到很多记载吴、蒲当时生活状况的文章，皆不外乎是"家境贫寒""生活困顿"等，也不能说这完全不对，但只是相对于达官显贵或出身于富裕之家的文人而言。究其实，如与一般真正的贫寒小户相比，吴承恩乃至蒲松龄家还是过得去的。毫无疑问，总得大致温饱，才能相对安心地执管著述。不仅如此，吴门还在表面上保持着破落仕宦人家的样子。为了子嗣，吴承恩相继娶过两房妻妾。今日遗留的故居，至少出生地和书房还是旧日原址。故居中有一乘并不华丽的轿子，据传也是吴本人坐过的。他死后所居棺材据验证还是柏木做的，过去能用上厚重耐腐的柏棺，也还是一个相当不错的档次。蒲门要显得更农家化一些，但因有主人蒲松龄长期为大户人家教书所得的稳定收入，在当时农村也算得上"家道小康"，节俭足可度日。

由此可见，吴、蒲二公的悲剧，关键不是经济生活多么贫困，而在于作为那个时代的知识分子，在仕进道路上的艰厄与社会地位上的局促，以及由此导致的精神上的压抑。好在他们能不为逆境所囿，能够化不利为有利，进而找准自己所长，几乎全身心地著述以抒发、寄托与宣泄，并取得了为后世所传诵的辉煌成果。细思之，当时与吴、蒲相近的地域中名士大腕乃至"文坛盟主"非止一二，然今日观之，尚难与相对寒微之士的吴、蒲之成就比肩。可见文学创作中其人当时的地位和盛名与其作品最终的分量和价值并不一定成正比，这在中外文学史上都不乏其例。固然在辛稼轩词中有"赢得生前身后名"之句，这当然是一种理想的目标，然而那样的绝对幸运儿毕竟是极少数。以吴、蒲二公为例，他们的"生前"名较之"身后"名差得多了；其真正实至名归地被认定，当然是本人全无知觉的"身后"了。

　　或许，这种"生前"与"身后"的差异乃至矛盾的现象，在信息化时代的今天不再明显存在。但愿如此。

柳泉随感

在去年那个奇热的七月，我趁去青岛参加笔会归来之便，路经淄博市，瞻仰了坐落在淄川区蒲家庄的蒲松龄故居。

这是我久已向往的胜地，参观后又感触颇多，本应早些写点文字以抒感怀，但又想到近年来写这方面的诗文已多见报刊，郭老所题的对联"写鬼写妖高人一等，刺贪刺虐入骨三分"恐已为人所熟记；那松柏满谷、绿柳成荫的满井，多已为妙笔所描画；还有那柳泉先生设馆教书的王村西铺石隐园也常为人所涉及，再写岂不是笔拙词穷。可是，时近一年，有关蒲氏故居和柳泉先生一生的种种感触，越来越强烈地撞击着我，使我不能不写出"自己的"那一点点感受。

我去蒲家庄，先从村西口入。这是一个极其普通的村庄，也是一条普通的小巷。也许是同为齐鲁之地的缘故，它使我想起故乡的村子也大体是这个样子。巷口上站着的大娘大嫂也悉如故乡人。他们是那样的朴实，但也很开朗，回答远方来客的问话毫不忸怩。我一进巷口，不知怎么，在站着的乡亲们中间就恍似见到了我久已钦仰的蒲松龄。像他一面抽着烟，一面和乡亲们拉着话儿，天气阴晴啦、农事收成啦，亲切朴实，毫无"鹤立鸡群"之感。

是的，蒲松龄就是这样的。人说他的传世名著《聊斋志异》是孤愤之书，表现了惊人的才气，这当然是对的，可只有同深厚的生活基础紧紧联系起来，他的"郁愤""才气"才会得以生发。君不见那村东百步沟底之满井（即柳泉），蒲老先生在世时，井水常满，外溢为溪，这使我联想到这位伟大作家的生活底蕴丰厚而不竭。当年的柳泉，是南北东西交通要道必经之地，蒲老先生不论阴晴，常常设茶于柳荫之下，搜集创作素材于谈笑之间，溢文思于糙纸之上。他不想幽居书房闭门编造，他不避辛劳，三十一岁时去江苏宝应县为同邑孙蕙当幕宾，沿途往返对山川景物、世态人情潜心揣摩；后来又不远数百里骑驴奔赴黄海之滨，登崂山，下榻下清宫道士庙内。我去崂山时，一位年长的道士指点西小院的小石桌，说蒲松龄当年就是在这石桌上写作的，而后面的一间窄小的庙堂，就是他夜间就寝之处。他的《崂山道士》等名篇就是在这里"体验生活"所得。

历史上生活优裕、境遇平顺有大成就者，当然不能说绝无仅有，但更多的恐怕还是生活清苦、境遇多磨而励志奋起者。我参观了蒲松龄设馆教书的西铺回来即深有所感。他从三十二岁起，直至七十一岁撤帐回家，在那里度过了三十多年的"趁食"生活。蒲家庄与西铺相距虽不甚远，但当时难得回家一次，多靠他妻子料理家务。他老先生可谓半生独居，生活清寂；终日伴着顽童读书、玩耍及进餐，身份低抑。然而，为了生活，更是为了在际遇多塞中获得起码的发愤著述的条件，他耐得住孤苦、抵得住风霜，顽强地坚持下来。他有石隐园夜间的凄清，才有绰然堂中脱稿的欢愉；有教馆中的喧噪，才有课余时蝴蝶松下的"得恣游赏"；更得力于毕家万卷藏书的滋养……这是别人一时所难体味而只为有心人所独享的无穷佳趣。表面看来只有他清孤伶仃的一个，却时刻与千百活生生的人物共休戚。孤与群、贱与贵、苦与乐，就是这样交织推进，组成了有志者丰富多彩的一生。

　　然而蒲松龄生前一点也没有享受到作为中华民族的一位杰出人物的荣誉，他倾尽心血的杰作《聊斋志异》，当时也并没有得到普遍的重视。乍看，历史似乎有点不大公平。我在蒲氏故居西院看到一个大书柜，里面都是清代文学家王士禛（王渔洋）的著作。满满的一大柜线装书，不能不承认这位一代诗坛盟主、"神韵派"的倡导者是够能写的。当然，他身为"有台阁之望"的高官，笔下又颇来得，"造影响"是很有方便条件的。可是，王、蒲二人既为同乡（桓台和淄川相距不足百里），又有文字交谊，但为什么这位渔洋先生就没有对蒲剑臣尽些"提携"之力？我没有仔细研究过这段史实，但从他俩的思想境界、作品格调上即不难判断，他们的友情也仅限于谈谈诗文而已，这也反映出那个时代人与人之间的复杂关系。当时，王士禛是官服华贵、顶珠炫目，而蒲松龄则是衣衫褴褛、形若村夫，身份何等悬殊？可是百年之后，明眼人逐渐认识到蒲氏作品的价值，后世人们并不以当时他为一穷秀才而掩其光辉，更不以他以糙纸贱墨著文而贬抑它在文学史上的不朽地位。看来，历史又是最公正的，只不过往往需要一段甚至很长时间，才能做出正确无差的裁判。

我在蒲家庄最后一个瞻仰地是蒲松龄的墓园。它在村东南一里左右，有古柏数十株，新中国成立后，建有砖结构四角碑亭一座，亭内本有清雍正年间张元撰写的《柳泉蒲先生墓表》石碑一方。后来，蒲先生墓被掘的同时，石碑也被砸毁。在重修蒲松龄墓时，特请茅公手书镌刻：此碑又毁于林彪、"四人帮"篡党夺权之祸。想当年政治风暴袭来时，掘墓之徒们不唯狂暴，也表现了他们对历史的极端无知。他们想象蒲氏既是文学巨子，墓葬一定珠宝玉器、铜马石俑、罗列万千；一旦掘开看时，便大失所望，陪葬物是惊人的简朴，简朴到差于普通士民，因而把仅有的几件什物拿出来，又草草封培。他们怎知道，蒲松龄生前不仅是一介私塾先生，无条件置备丰厚的陪葬物，况且，他老先生的气格情操也决不以有过盛陪葬物为荣。生前既为清风两袖、毫管一支，死后也仅砚池一方、印章几枚而已。生前既未为自己的作品大肆张扬，纵声鼓噪，死后当然也不会为日后尊荣拼命做铺垫工作，而他本人及其作品的地位完全是历史使然、人心所赐，这是最可靠的。

最有意思的是，陪葬物中还有一个烟袋嘴儿，人们也许感到奇怪，其实这正合于先生的身份和气格。这不正说明他生前像个村夫那样纯朴吗？站在村头巷口的人堆里，谁也不会想到他在二百年之后，会有如此隆盛的文豪名声。从这烟嘴上可以想见：冬日，他和乡亲们站在向阳坡前，慢悠悠地抽着烟，谈着过冬的生计，谈着天气阴晴，展望着明年的春播……

这就是蒲松龄！

（本文作于 1982 年）

吴敬梓与《儒林外史》

吴敬梓，清代安徽全椒人。既生长于清代"康雍乾盛世"，为何只活到五十出头？

郁愤、豪纵、家道中落，一再折损了这位才子的阳寿，人生的精华呜咽于秦淮潜流。且慢：尽管如此，生命之绿仍在秋霜中挣扎，诗词和小说在寒窗残阳下脱稿。不仅如此，他仍有清醒的坚守——以病为由婉拒了巡抚大人举荐他参加博学鸿词科廷试，枯瘦的手连连摇摆，道出几个"不"字。孤贫的油灯没有燃尽"气节"的灯芯，反过来化为带刺的巨型仙人掌，无情地捆向封建科举与诸般丑类的嘴脸，为中国讽刺小说园地添上独秀的一枝，也给自身不无遗憾之寿续写奇绝、凛然的一章。

人的生命中总是难免有遗憾，但大小轻重的主动权往往攥在自己看似并非强有力的手上。

此君辞世前不会忘记这一刻：一千多年前的"好皇帝"唐太宗李世民站在长安城楼，俯视风尘仆仆从四面八方赶来的举子，拈须自得地笑曰："尽入吾彀中矣。"此时，在举子中有一位年近花甲的老者，披发跣足，边唱也边舞，人道此翁乃后世《儒林外史》一书中的范进，未知确否？四大须生之一奚啸伯主演的京剧《范进中举》，以"洞箫之声"和贴近角色的表演成为经典，此剧至今仍活跃于京剧舞台。《儒林外史》之人物、细节、语言，亦多为鲁迅先生所称道。

　　斯人虽已远逝，但敬梓故居窗外的带刺仙人掌，仍在临江的瑟瑟秋风中默默鲜活着……

又想起曹雪芹和《红楼梦》

想起了他和它，是因为报刊上的一场空前激烈的争论：有人认为《红楼梦》是一部最乏味、最看不下去的小说；而另有人（不乏重量级的大腕）则义愤填膺，严斥对方几近无知，不可容忍，差不多到了口诛笔伐的地步。

我觉得这种势同水火的对立是正常的，也是很平常的。对于文学作品，一般而言，有两种读者反应：一种是理性的，或者说是学术型的；另一种是非常偏激的，甚至是情绪化的。这是由读者的性情、价值观、人生经历、艺术色调等因素所决定，反应有差别没什么奇怪，极端的"好"与"不好"（"好"为去声）虽属少数，却也不必厚此薄彼。说实在话，我在大学读书时，作为中国古典四大名著之一的《红楼梦》，当然是教授指定的必读书，结果我断断续续读了十年之久才算读完，较之读《三国演义》和《水浒传》的进度慢多了。

但随后若干年直到现在，我对《红楼梦》的总体感觉还是很理性的（当然只能说是我个人的"理性"）。

怎能想象：举家喝粥，一家之主还要经常赊酒，仍要咬紧牙关坚忍地写，写下去，将昔日的锦衣玉食与现实中的清贫对接，而敝屋寒风吹走了廉价的宣纸，毕生血泪与更漏同一节奏地滴落……直到最后一息，所幸滴成了八十回精品。

西山的红叶，飘走了二百多年的时光，百年来，对此处的探秘之声不断，有人进入字里行间就迷路，有堪称泰斗级的大学者也说越研究越糊涂。好像谁进了大观园，谁就可能变成刘姥姥。

作品蕴含的总体思想众说纷纭，莫衷一是。多少年来，从巨人到普通士子都想做出一锤定音、切中本质的结论，从反映的是阶级斗争到其实是个人和家族的兴衰史，为已薄西山的夕阳谱上一曲难以追回的挽歌，等等。至于还有说写的是宝黛"双水分流"之类，早在二十世纪五十年代就被批得体无完肤。总之，这各种各样的观点与结论，好像大都是跟着自己的感觉走。所以直到现在，也还没定位于一个大家都服得五体投地、没有任何杂音的无可挑剔的结论。

言及此，我不由想起当年在天津一家出版社工作，作为副总编，分管一专门研究《红楼梦》的刊物。这是由北京的一家研究机构主办，由我们社出版的双月刊。由于连出了好几年，有关这部书的方方面面都研究了一遍，以至连大观园的原型到宝玉的头发都搜求到了；有的不仅发了单篇文章，研究者还另出了皇皇巨著。记得有的还考证过在曹雪芹生活的那个时代赊酒是怎样的赊法，作者还无限感慨地说，幸而今人再也不需赊酒，赶上腊八节还能喝上五香的腊八粥……

看来创作者和研究者很有"挖一口深井"的探求精神，但似乎不宜在一部书上过细死抠；如果连贾宝玉的通灵宝玉的重量以及这位贵公子的头发有多少根也钻研，就不值得赞赏了。

其实，对一般人而言，了解这部著作是真正的才子书，一部耐得品味的雅俗共赏的稀世名著就差不多够了。至于不同的读者对其喜好的程度，是嗜爱如命还是兴趣不那么浓烈，真的不必做一律的要求。有所遗憾的是此书早出了二百多年，没有赶上茅盾文学奖；至于诺贝尔文学奖，按人家规定已上天堂的作家的作品不在其列，没得也罢。

（本文作于 2011 年）

又想起曹雪芹和《红楼梦》